環世界

Daisuke Igarashi
works
【UMWELT】

五十嵐大介作品集

五十嵐大介

【目 次】

迦樓羅

(UMWELT)

「喂，您好，這裡是R・K商會，專營回收、古董。」
「是，啊？是……」
「呃——是有點遠啦……」
ガタガタ
ガタガタ
（喀唧喀唧 喀唧 喀唧）
「我知道了。我們會過去報個價。」
是這裡吧。
砰
有人住嗎？

嘎
嘰
（啪沙沙）
咕
有鳥。
我們在山上啊。
啊。欸，你看。
是骨頭。
是狸貓之類的嗎？
畢竟是山上嘛。
回收業者嗎？
驚
遠道而來，真是麻煩你們了……

呱

我年紀大了，而且又一個人過活。
想到一些有的沒的都開始嫌麻煩了。
所以想把身邊的東西整理一下。
一個人死去，是很可怕的呢。
請往那裡走。
只是一棟組合屋嘛。
說鄉下地方可能會有倉庫的是誰啊？
大老遠跑到這深山……
囉嗦耶。
抱怨也沒用吧！
ガチャ
（咯洽）

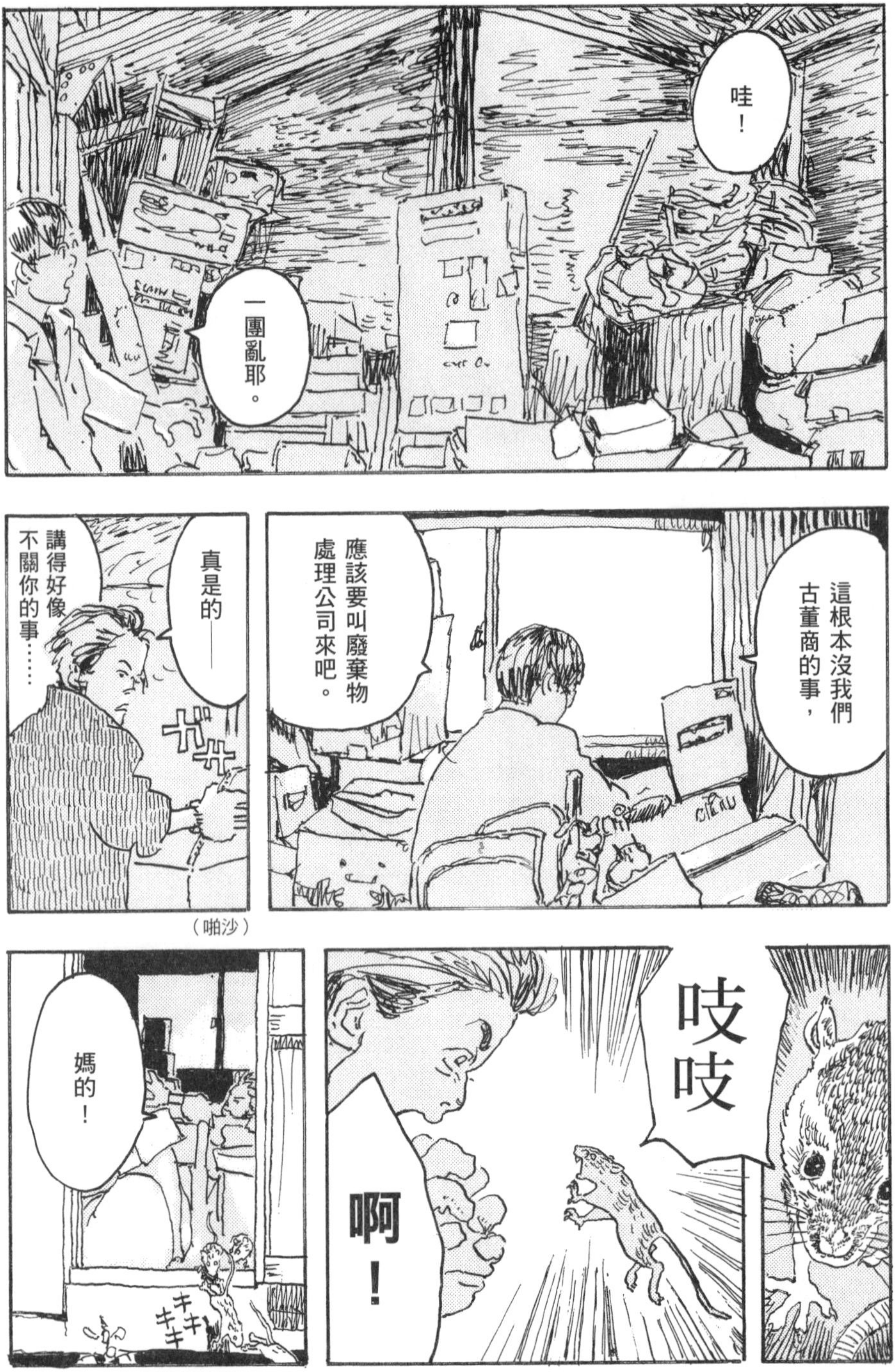
哇！
一團亂耶。
這根本沒我們古董商的事，
應該要叫廢棄物處理公司來吧。
真是的——
講得好像不關你的事……
ガサ
（啪沙）
吱吱
啊！
媽的！
キキキキ
（吱吱吱吱）

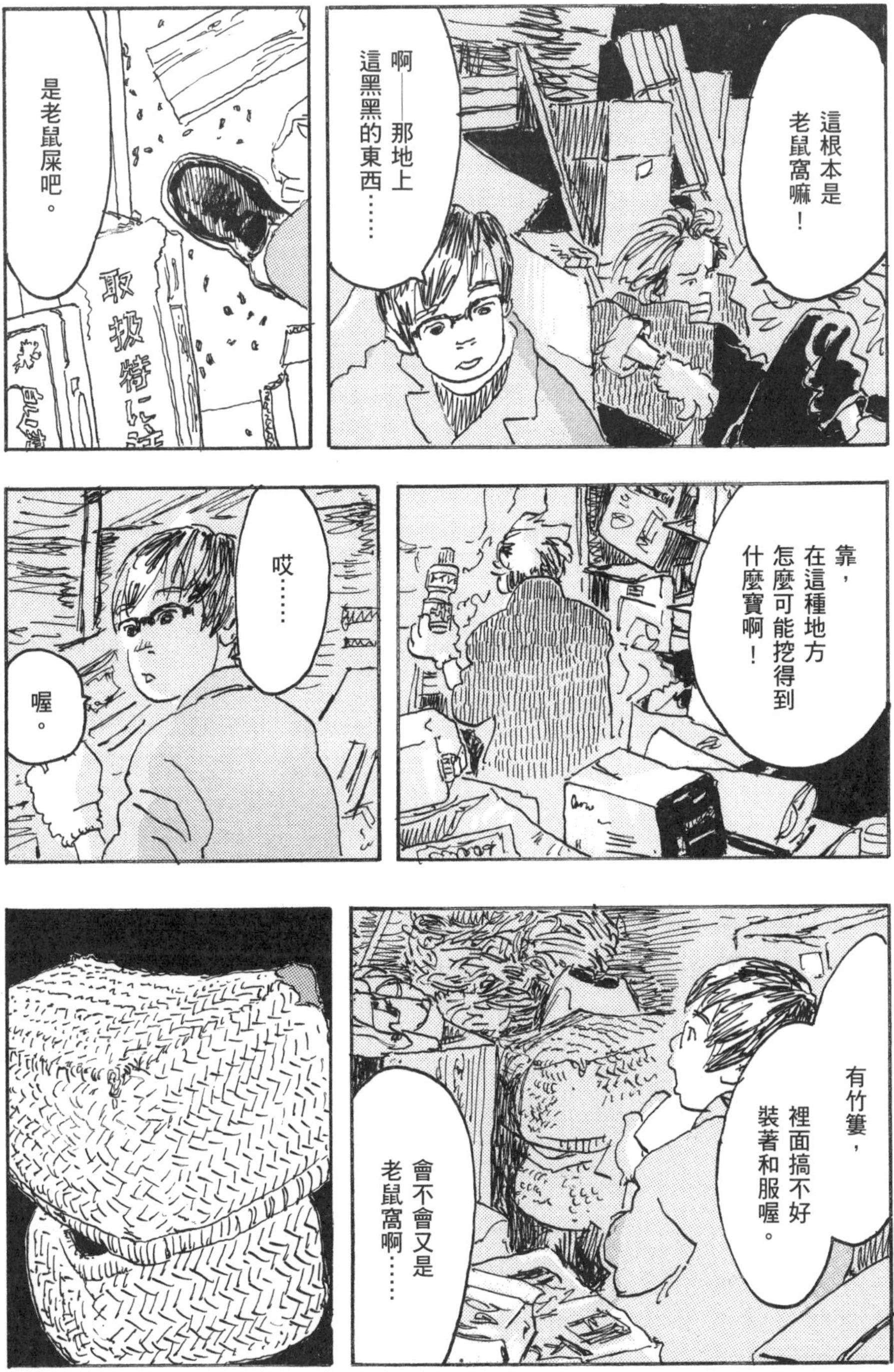
這根本是老鼠窩嘛！
啊──那地上這黑黑的東西……
是老鼠屎吧。
靠，在這種地方怎麼可能挖得到什麼寶啊！
哎……
喔。
有竹簍，裡面搞不好裝著和服喔。
會不會又是老鼠窩啊……

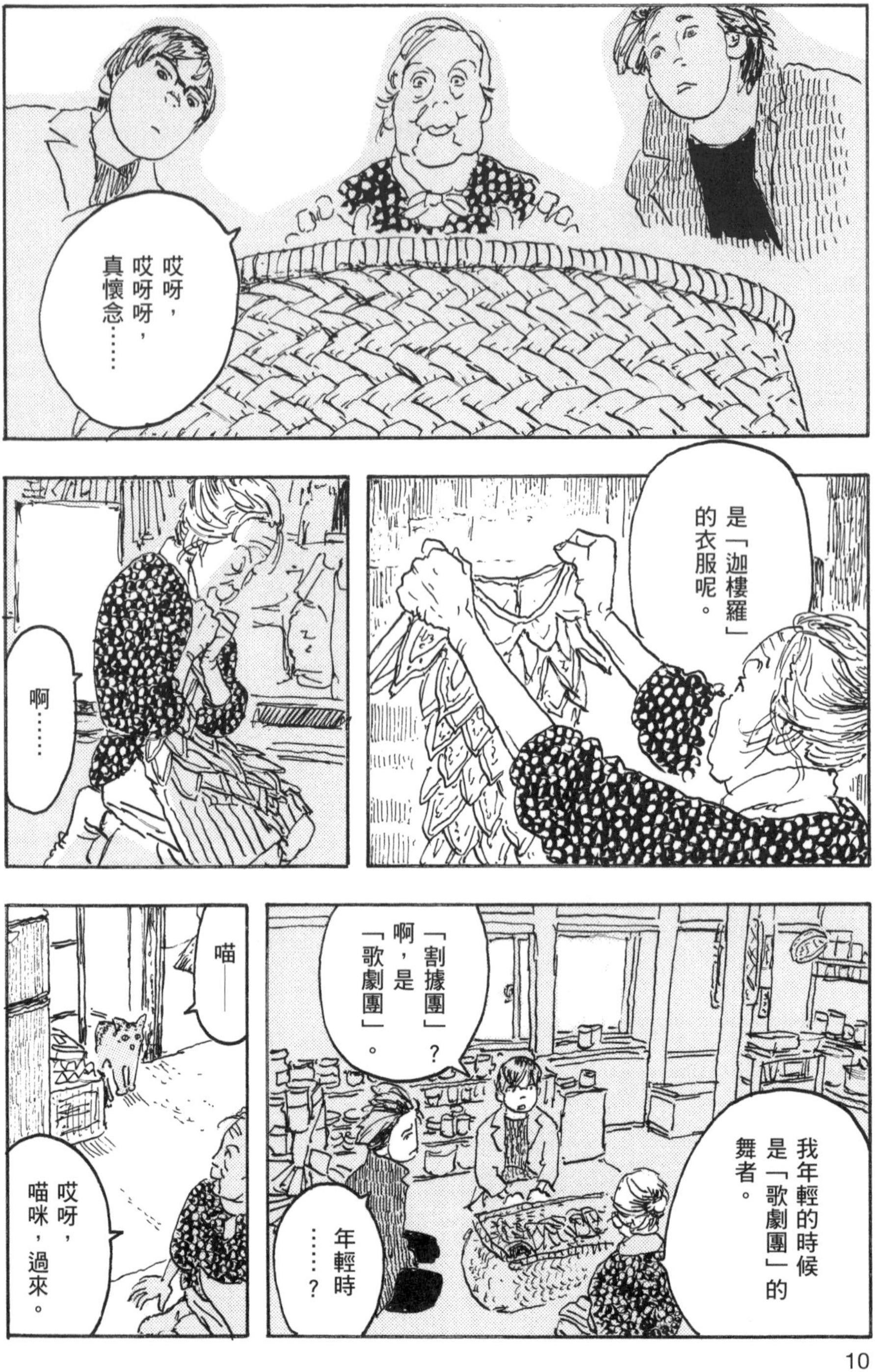
哎呀，哎呀呀，真懷念……
是「迦樓羅」的衣服呢。
啊……
「割據團」？啊，是「歌劇團」。
我年輕的時候是「歌劇團」的舞者。
年輕時……？
喵——
哎呀，喵咪，過來。

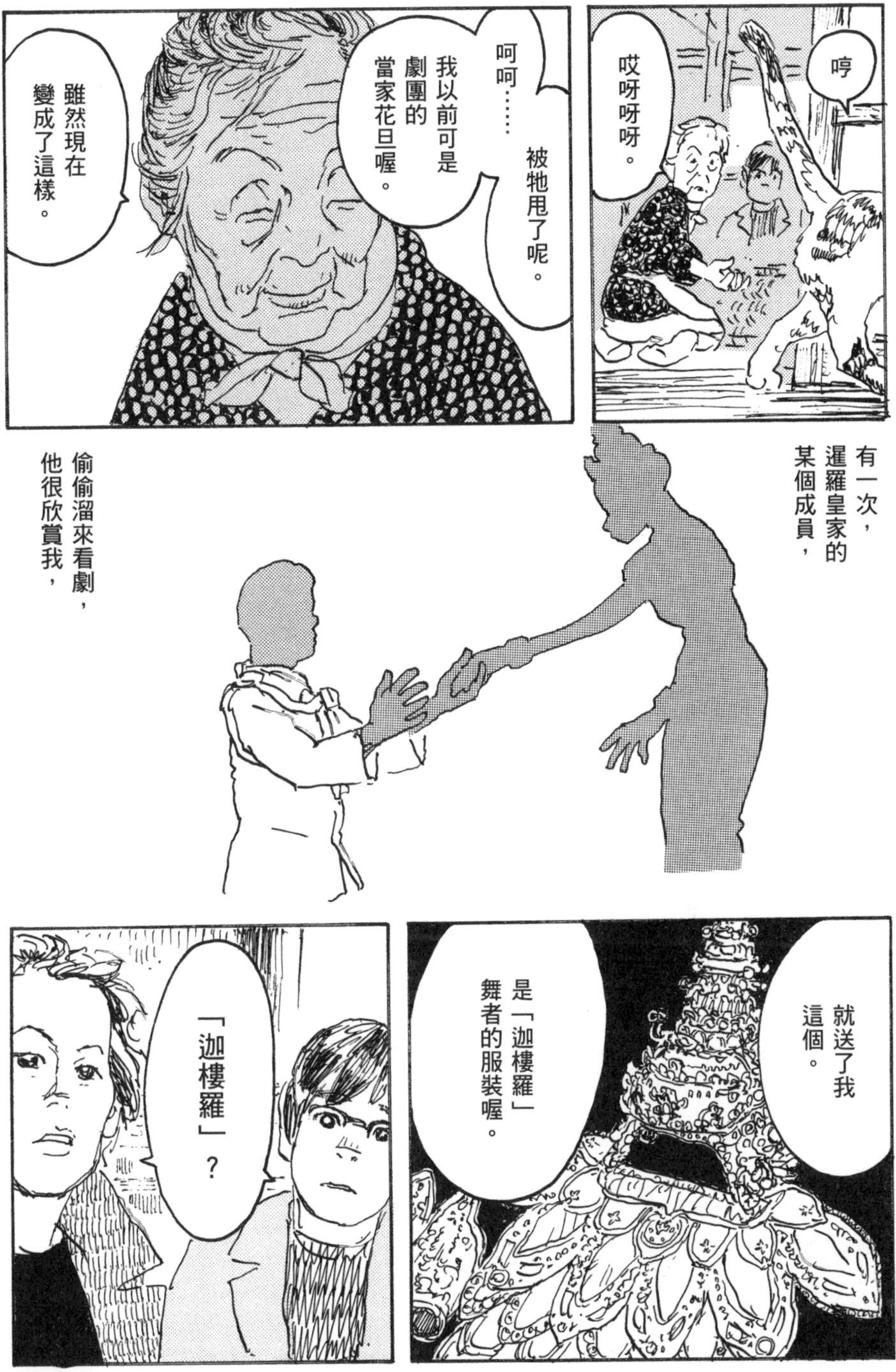

哼
哎呀呀呀。
呵呵……被牠甩了呢。
我以前可是劇團的當家花旦喔。
雖然現在變成了這樣。
有一次，暹羅皇家的某個成員，
偷偷溜來看劇，他很欣賞我，
就送了我這個。
是「迦樓羅」舞者的服裝喔。
「迦樓羅」？

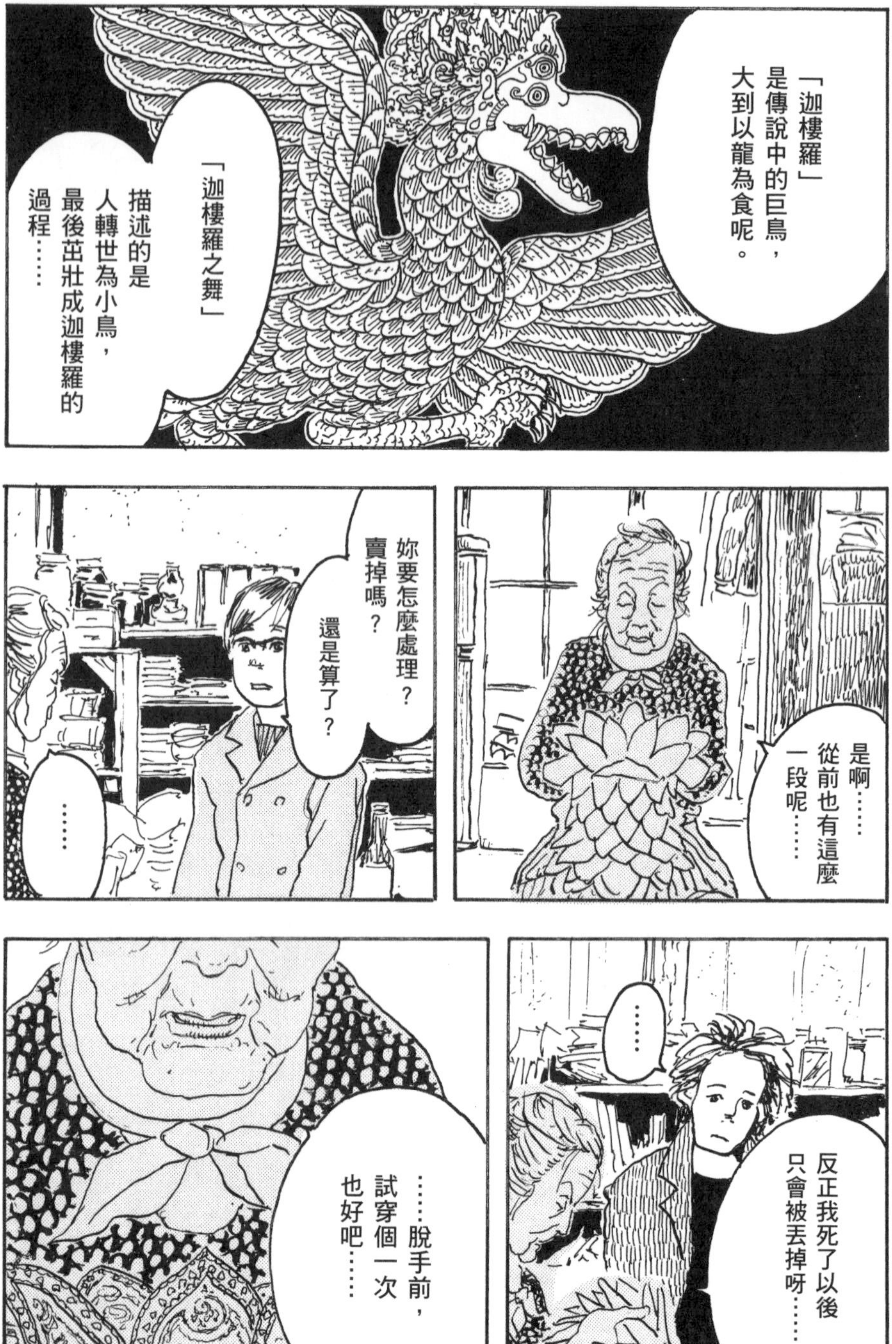
「迦樓羅」是傳說中的巨鳥，大到以龍為食呢。
「迦樓羅之舞」描述的是人轉世為小鳥，最後茁壯成迦樓羅的過程……
是啊……從前也有這麼一段呢……
妳要怎麼處理？賣掉嗎？還是算了？
……
……
反正我死了以後只會被丟掉呀……
……脫手前，試穿個一次也好吧……

喂，你怎麼看？
說實在的，那種衣服像是在才藝發表會上穿的耶，賣得掉嗎？
來歷真假先不管。
衣服的質料是上等的，做工正統，刺繡、寶石都是真貨，撿到寶了。
我們先用便宜的價錢買下來……
呃，機會難得，所以我想來跳跳看那支舞吧。
迦樓羅之舞。
咦？
……妳沒問題吧？
老實說，妳要是有什麼意外，我們會很困擾的。
喂！
不要緊啦。
……應該吧。
我不會亂來的。

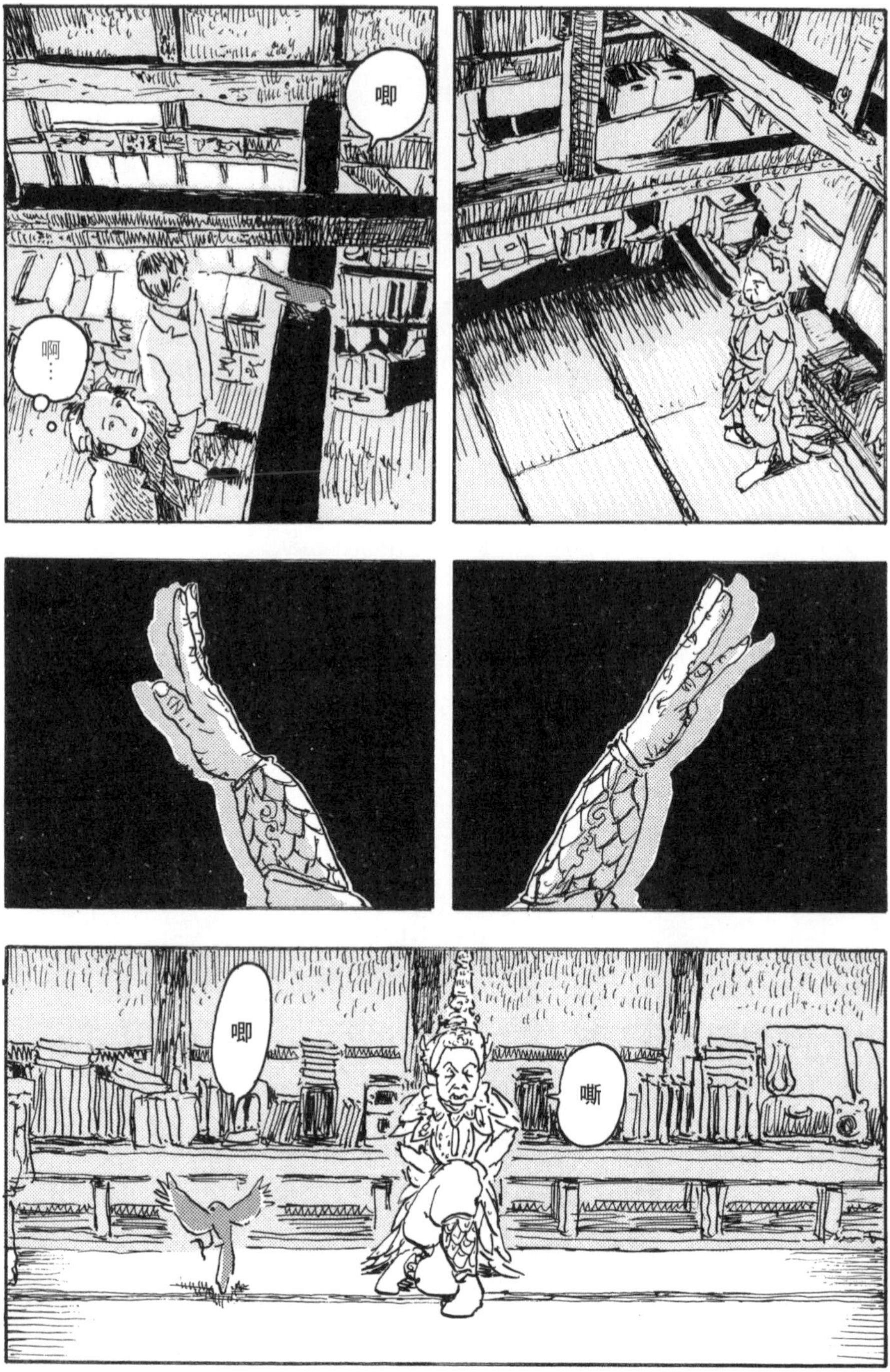
唧
啊……
唧
嘶

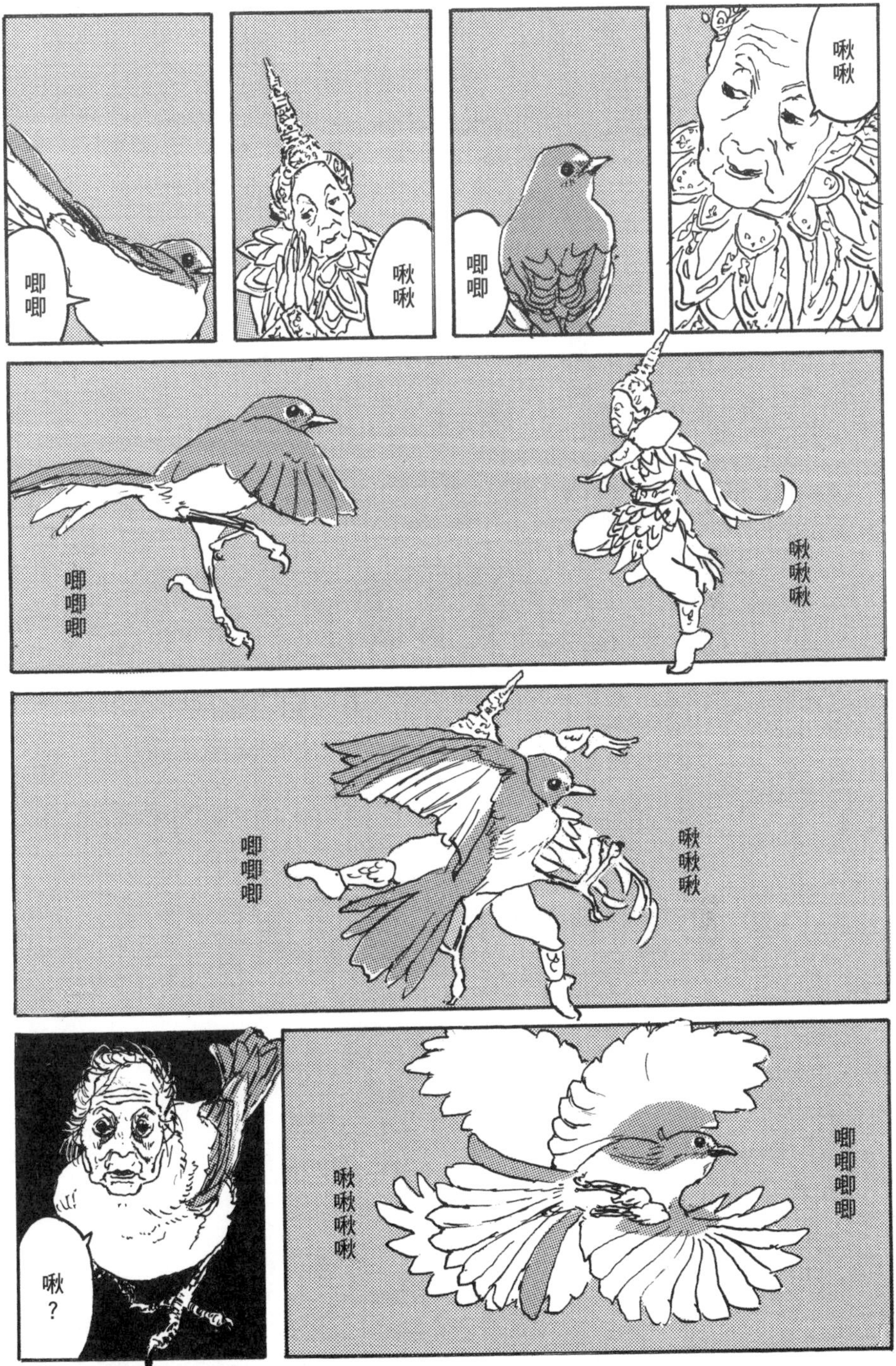
啾啾
唧唧
啾啾
唧唧
啾啾啾
唧唧唧
啾啾啾
唧唧唧
唧唧唧唧
啾啾啾啾
啾？

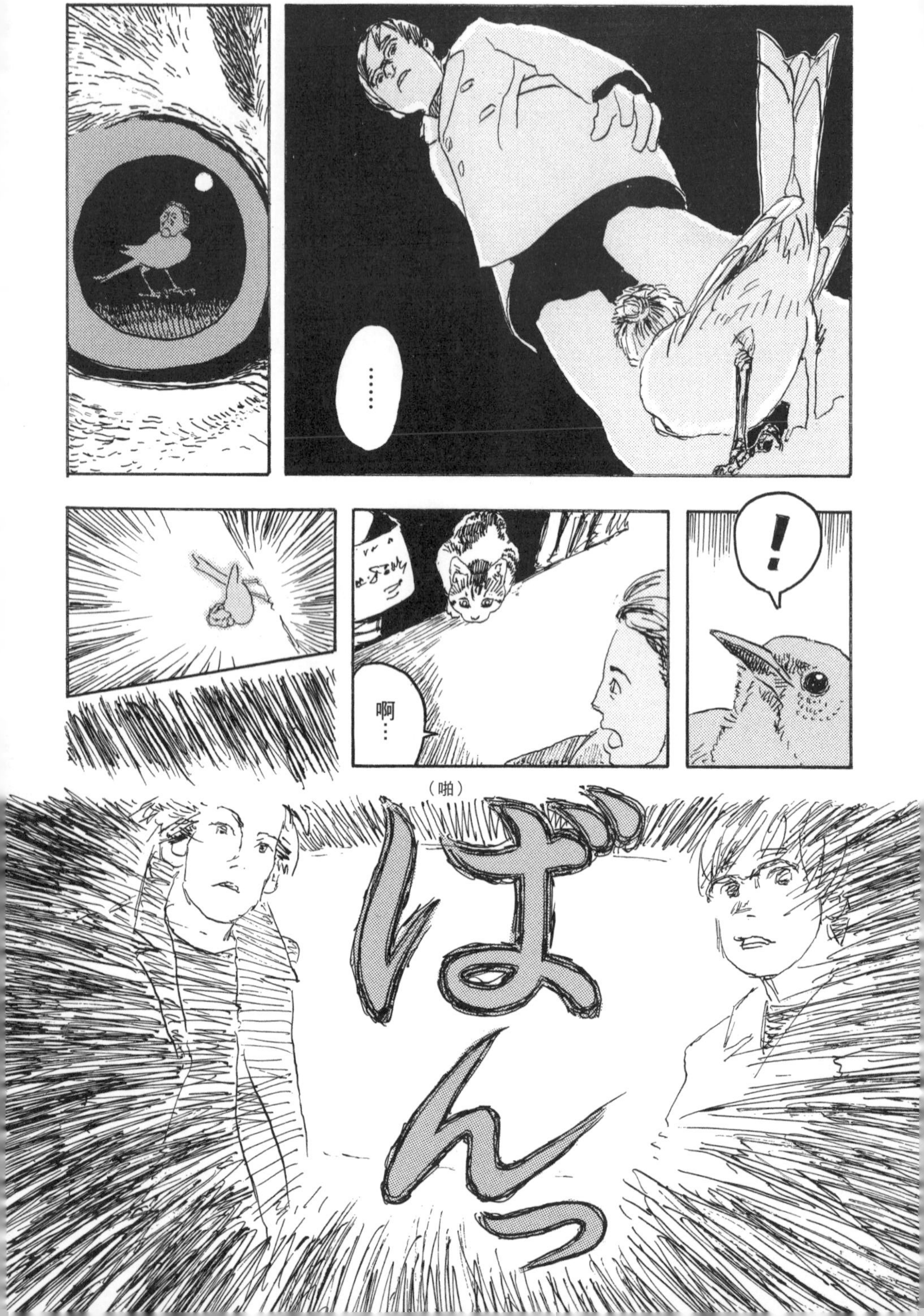
……
！
啊…
（啪）
ばんっ

……咦。
不見了！
……呃。
！
請拿梯子……
妳是怎麼爬上去的？
（嘰）
……

我變成小鳥的期間，
覺得你們的動作和對話都變得很慢。
這麼說來，假如我變得更小、更小…跟螞蟻差不多大的話呢？
我一定會覺得你們實在太慢了。
甚至連你們會動都察覺不到。
小丘和山看起來沒有差別。
別說交談了，連彼此在場都察覺不到…
活在不同的時間之中…
總覺得啊，
「死」也許就是這麼一回事呢。
のみぐすり
小形 千春様
診療所
死了之後還是在，只是別人察覺不到…
就只是這麼一回事吧。
……
心裡好像舒坦多了呢。
那麼，那個…

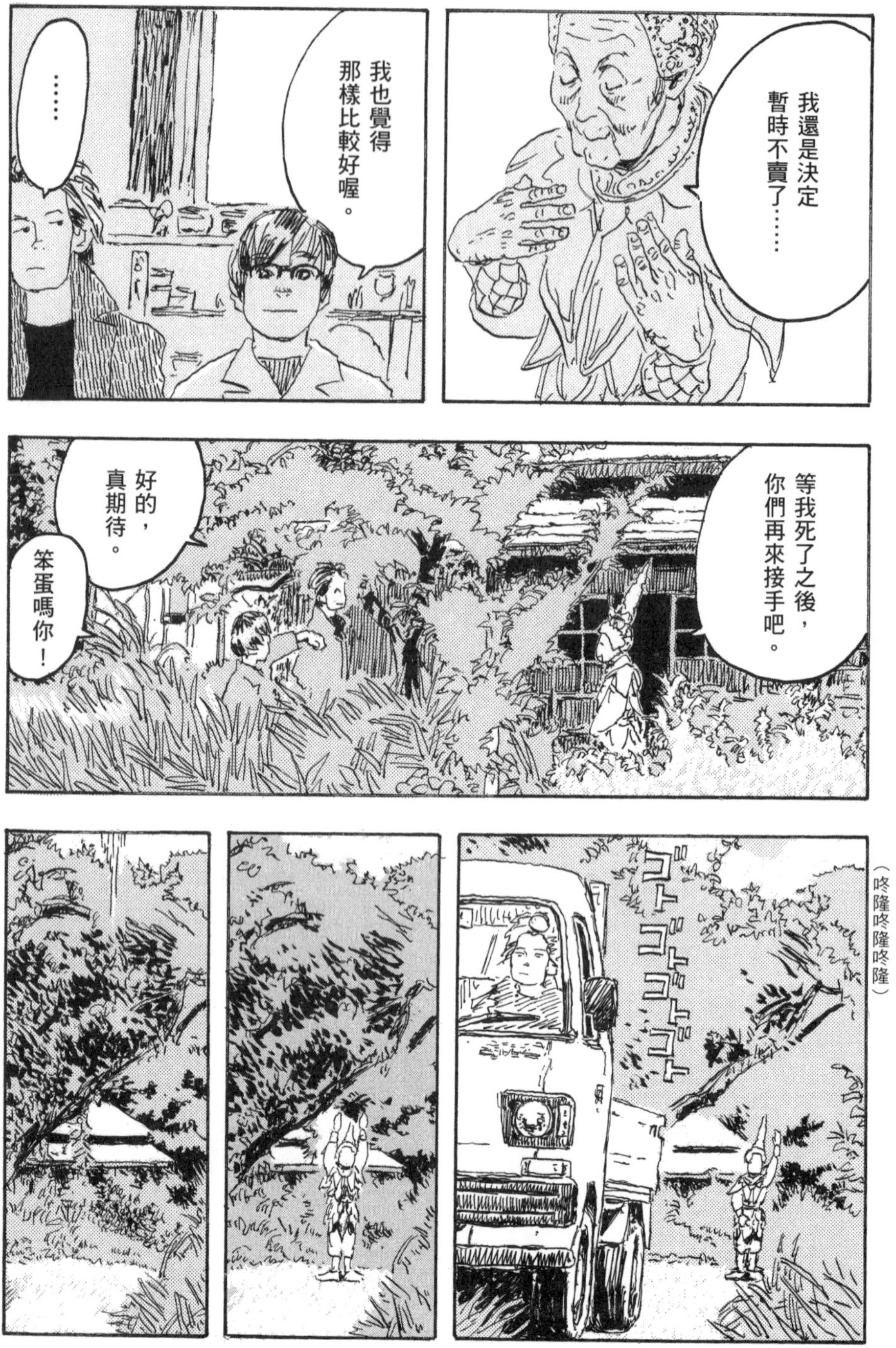
我還是決定暫時不賣了……
我也覺得那樣比較好喔。
……
等我死了之後，你們再來接手吧。
好的，真期待。
笨蛋嗎你！
ゴトゴトゴトゴト
（咚隆咚隆咚隆）

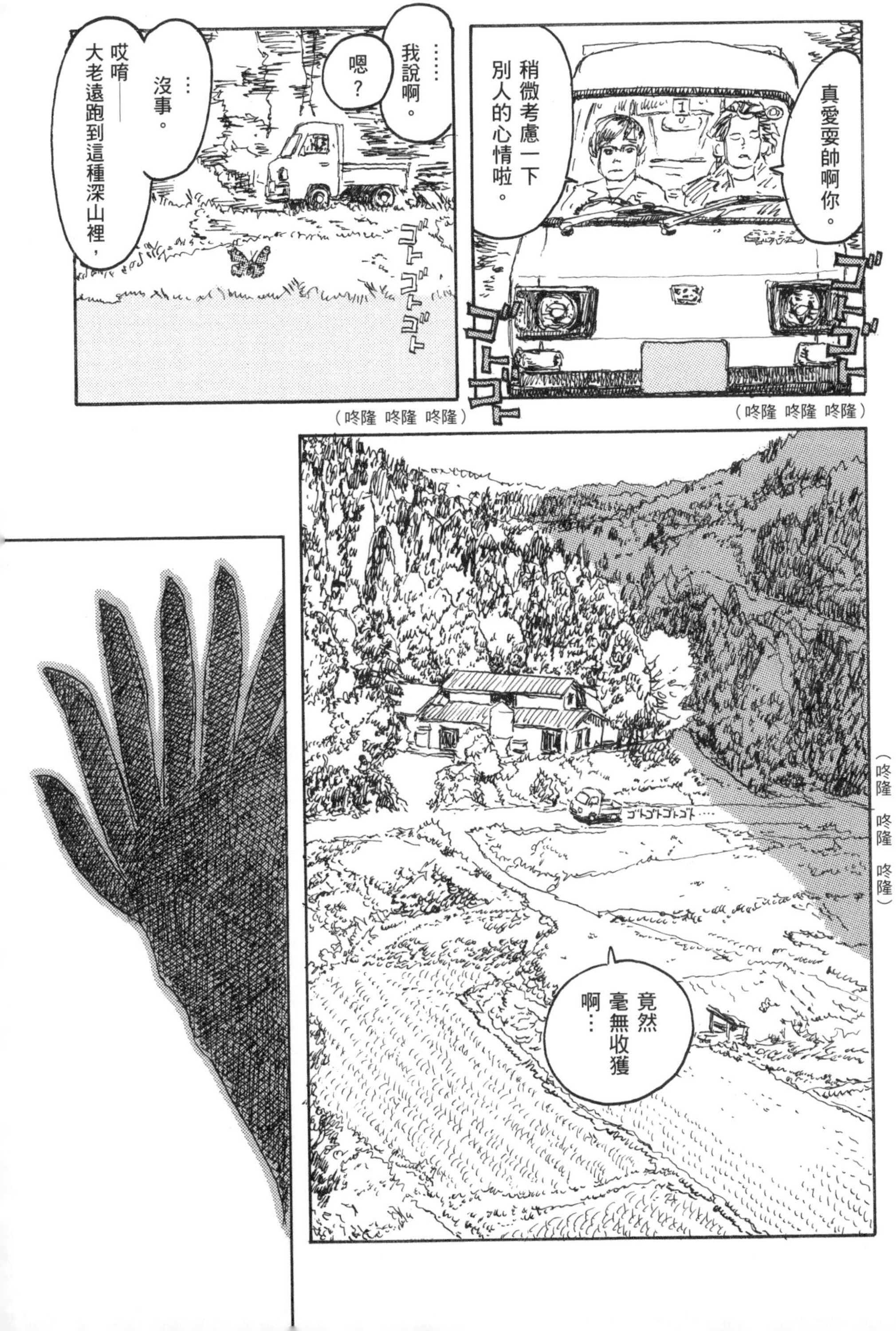
真愛耍帥啊你。
稍微考慮一下別人的心情啦。
ゴトゴトゴトゴト
（咚隆 咚隆 咚隆）
……我說啊。
嗯？
……沒事。
哎唷——大老遠跑到這種深山裡，
ゴトゴトゴト
（咚隆 咚隆 咚隆）
ゴトゴトゴトゴト……
（咚隆 咚隆 咚隆）
竟然毫無收穫啊……

鱷魚

(UMWELT)

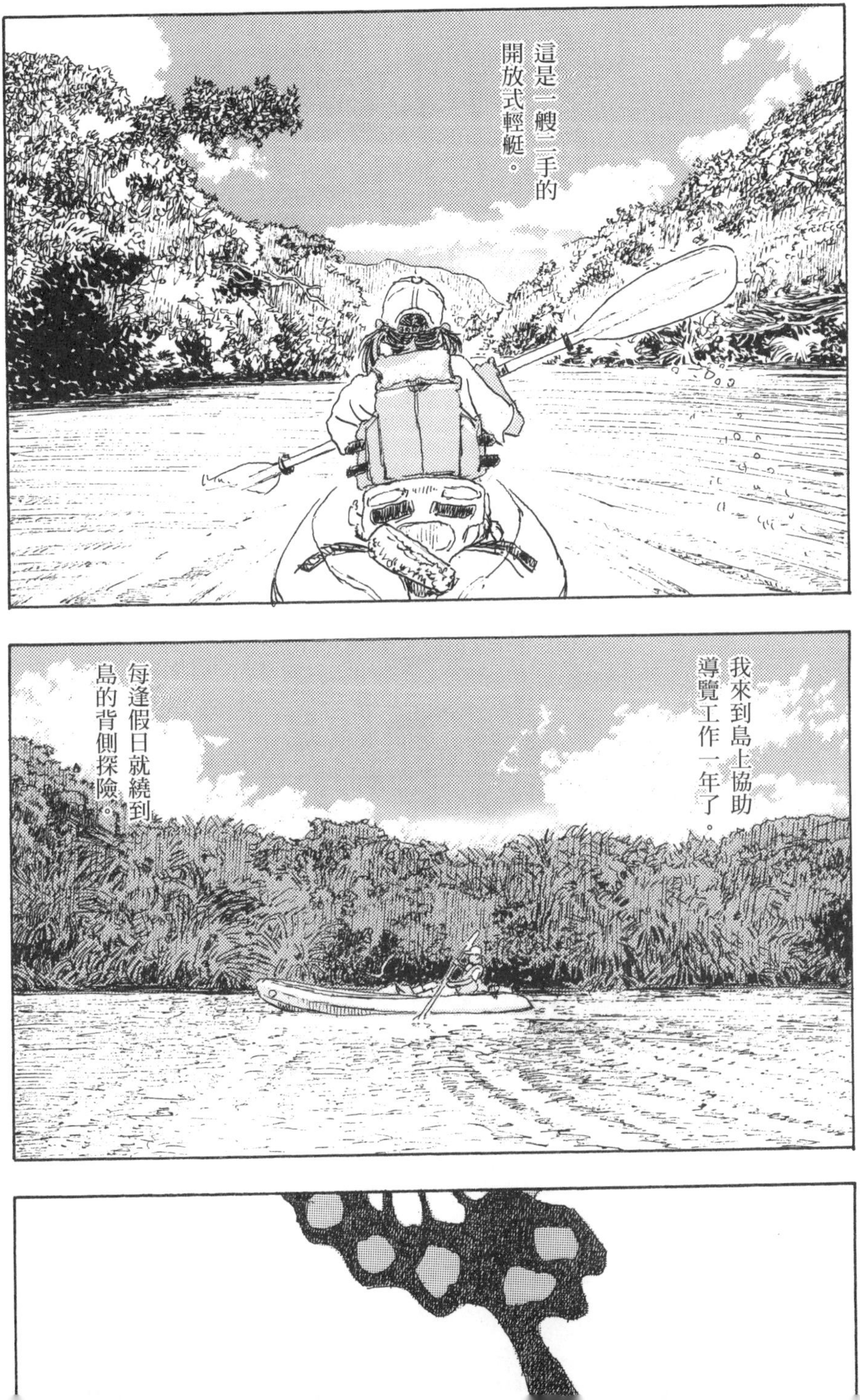
這是一艘二手的
開放式輕艇。
我來到島上協助
導覽工作一年了。
每逢假日就繞到
島的背側探險。

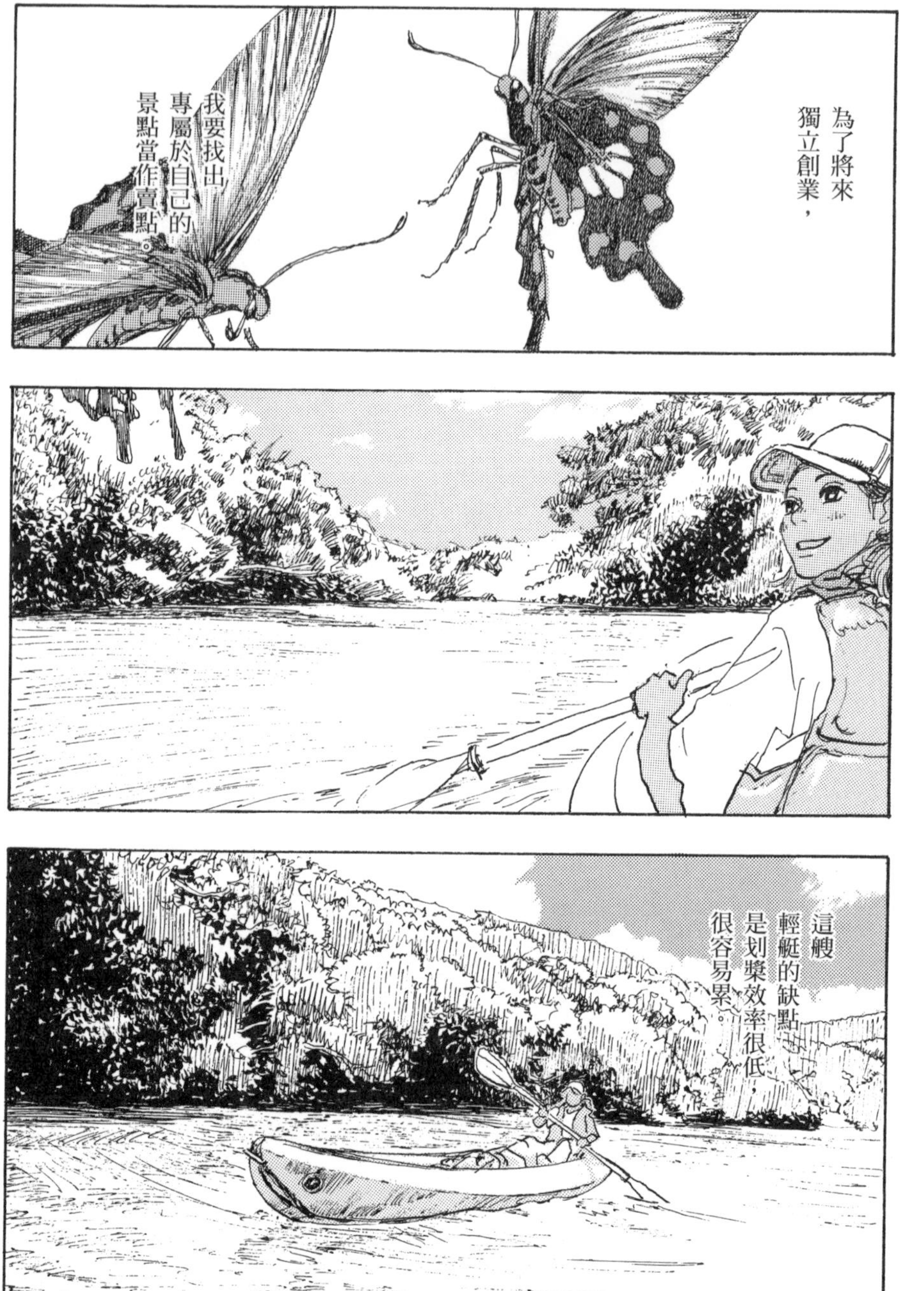
為了將來獨立創業，
我要找出專屬於自己的景點當作賣點。
這艘輕艇的缺點是划槳效率很低，很容易累。

好處是，
船艙採開放式設計，
輕易就能上下船。
バシャ
（嘩啦）
適合隨興旅行。
也就是說，
很符合我的需求。

（啪嚓）
カシャ
カシャッ
（啪嚓）
我的估算沒錯，
回程剛好碰上
退潮，
輕艇可以
輕鬆地前進。

嗯？
バシャン
（嘩啦）
……

那是……什麼呢……？
看起來像鱷魚，
可是我是在海上呀。
欸，多喝點。
蓋了飯店，工作機會會增加吧。
啊，謝謝。
觀光客也會增加，有什麼好不滿的啊。
那些傢伙信得過嗎？

名嘉先生，鱷魚能在海裡生活嗎？
應該說，島上沒鱷魚對吧？
啥？
島上自然環境能承受的觀光客人數是有限的啊。
不換個做法是不行的。
飯店的做法太過分了啊。
什麼啊，妳看到了鱷魚嗎？
不是…有點好奇。
根據古早年代的傳說，這座島上是有鱷魚的喔。
不可以把島的未來寄託在別人身上。
我們只能找出自己的做法。
說是「形狀像守宮，大小接近人類。
大家好不容易用長槍殺死了牠，結果牠的肚子裡有許多蛋跑了出來。」
中國的河流中有鱷魚，搞不好是從那裡遊過來的呢，
如果鱷魚在海水中真的也能存活的話。

這樣啊……
哎，那是民間故事啦。
如果發現鱷魚要告訴大家喔，很危險的。
我現在就很頭痛啊！
你說的新工作方式什麼時候能搞出來？五年後？十年後？
說什麼為了未來的小孩，那明天沒飯吃要怎麼辦？學費也繳不出來！
飯店蓋好以後……明年就可以雇用我了。
……
唧 唧 唧 唧
新渡假飯店帶來問題，現在島上的氣氛變得有點險惡。

啊，好大。
然後呢，像這樣扯拉山棕葉的葉柄，
把前端扭成一個圓圈。
做兩個圓圈，其中一個綁上魚肉腸，
繞繞啪
用這個來引誘牠們。
你看。
螯蝦出來後呢，
牠們會倒退逃跑……
所以要用圓圈套牠們的尾巴……

抓到了！
喂——你們要不要吃鳳梨？
哈
噗
如何？有沒有大鰻魚？
沒有——。以前明明有很多耶。
好——要踩穩喔——

讓我們玩一下喔。
來，按照順序跳下來——
（嘩啦）
ドボーン
（嘩啦）
ザボーン
（嘩啦）
ザパーン
（啪啦 唰啦 嘩啦）
ドバーン
ザバーン
バシャーン……
好，那就前進吧——到上面之後就能吃便當囉。
……

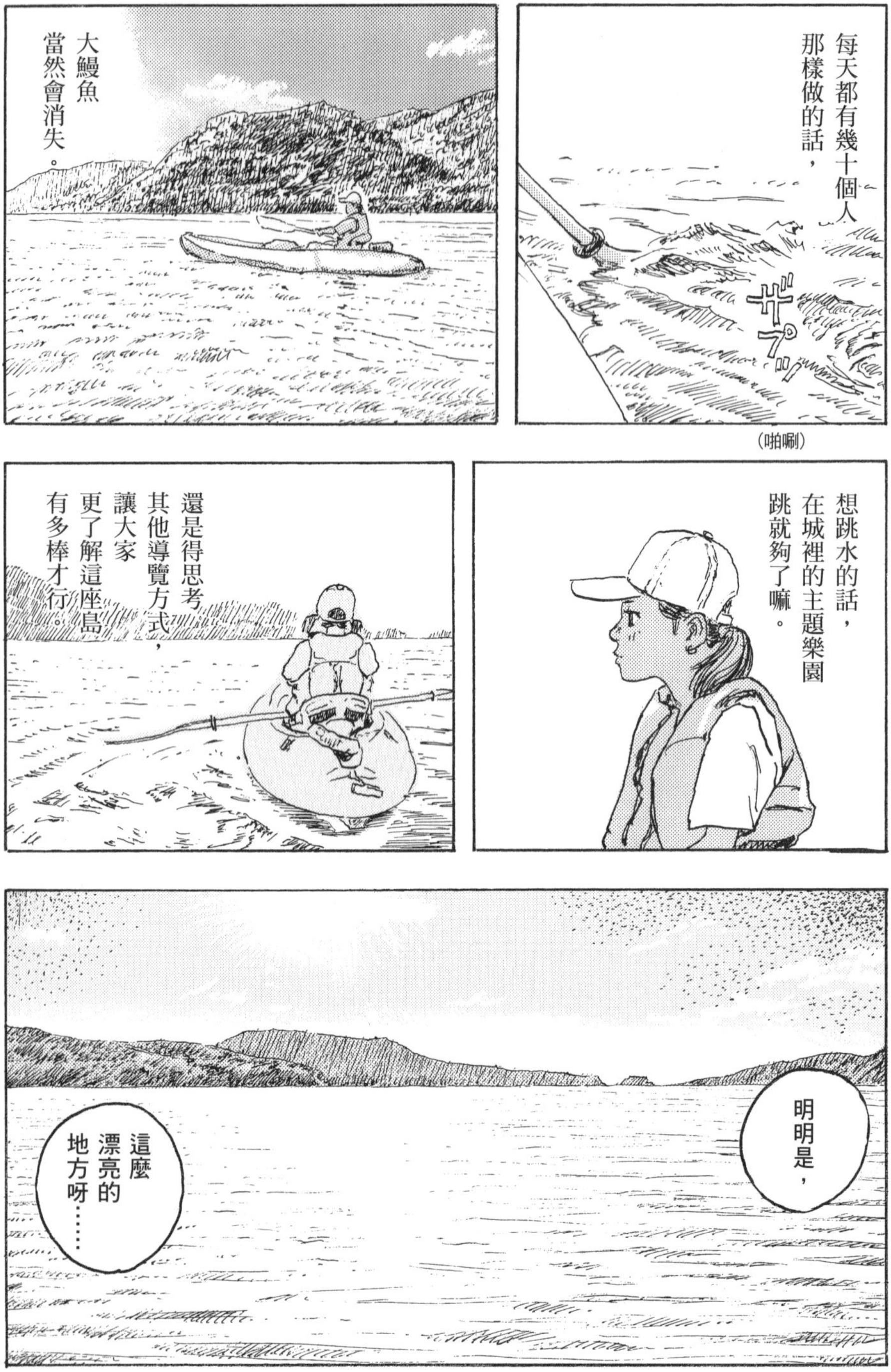

每天都有幾十個人那樣做的話，
ザプッ
（啪唰）
大鰻魚當然會消失。
想跳水的話，在城裡的主題樂園跳就夠了嘛。
還是得思考其他導覽方式，讓大家更了解這座島有多棒才行。
明明是，
這麼漂亮的地方呀……

嗯？

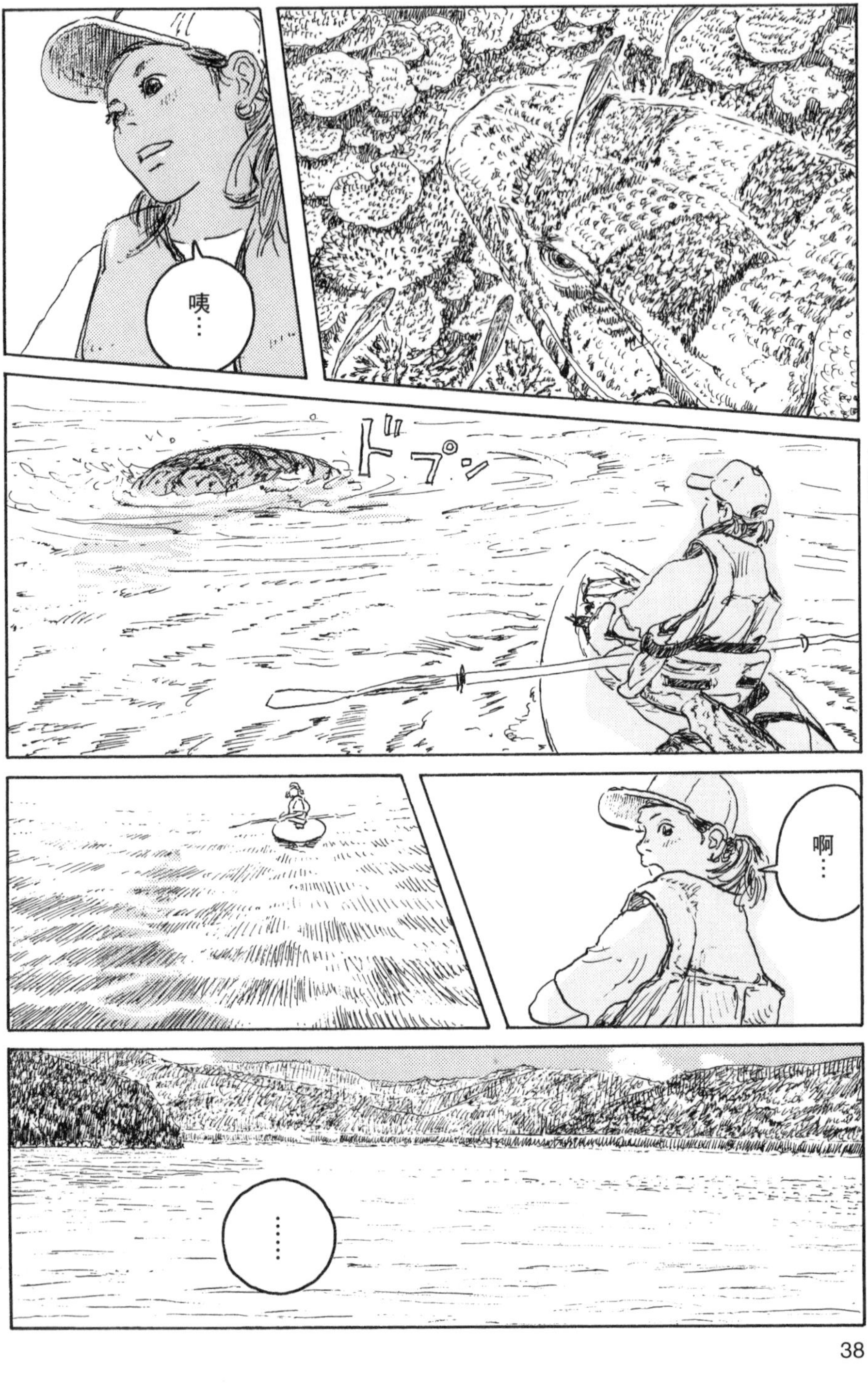
咦…
ドプン
（噗通）
啊…
……

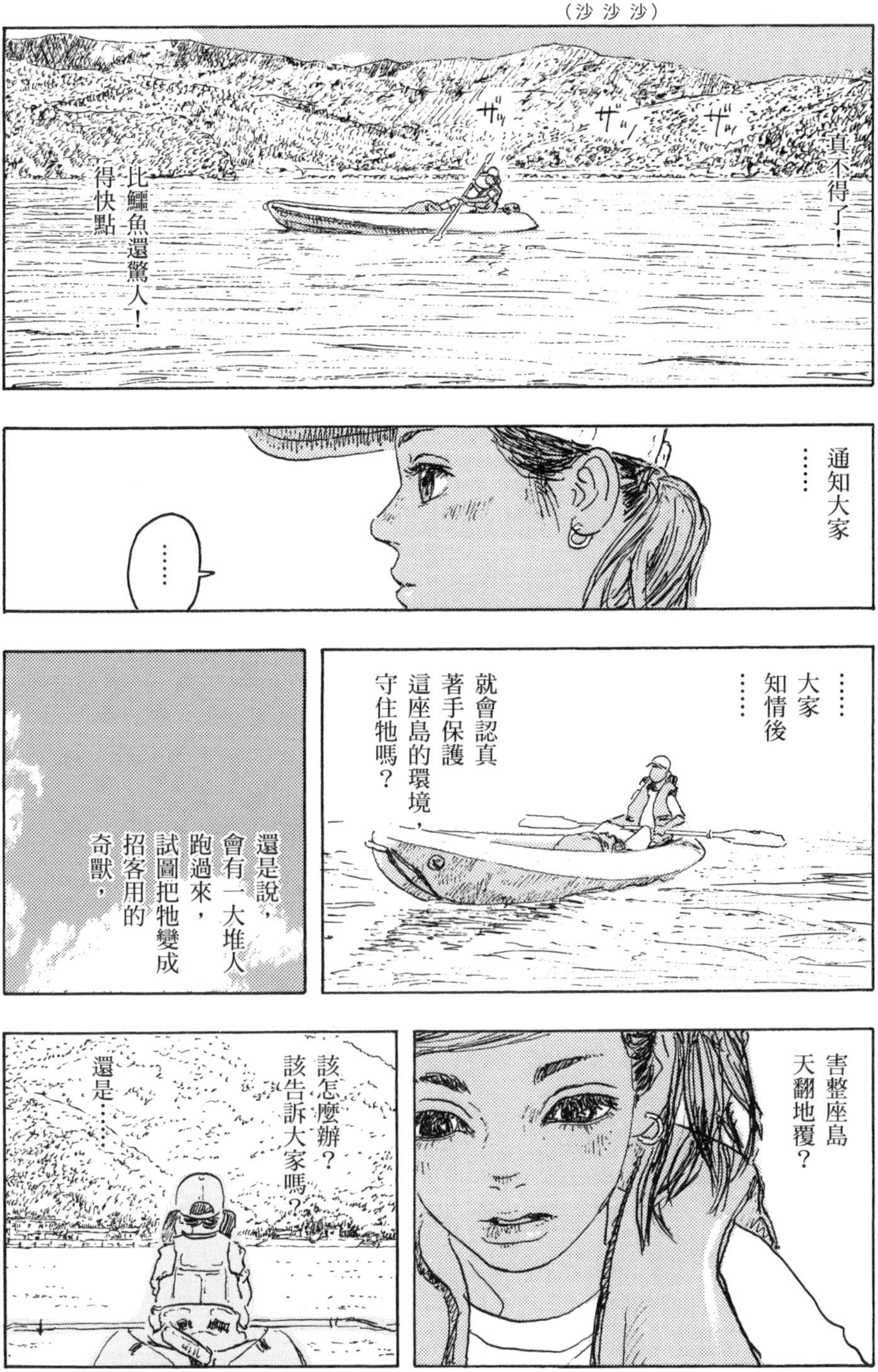
（沙沙沙）
ザッ ザッ ザッ
真不得了！
比鱷魚還驚人！
得快點
通知大家……
……
……大家知情後……
就會認真著手保護這座島的環境，守住牠嗎？
還是說，會有一大堆人跑過來，試圖把牠變成招客用的奇獸，
害整座島天翻地覆？
該怎麼辦？
該告訴大家嗎？
還是……

完

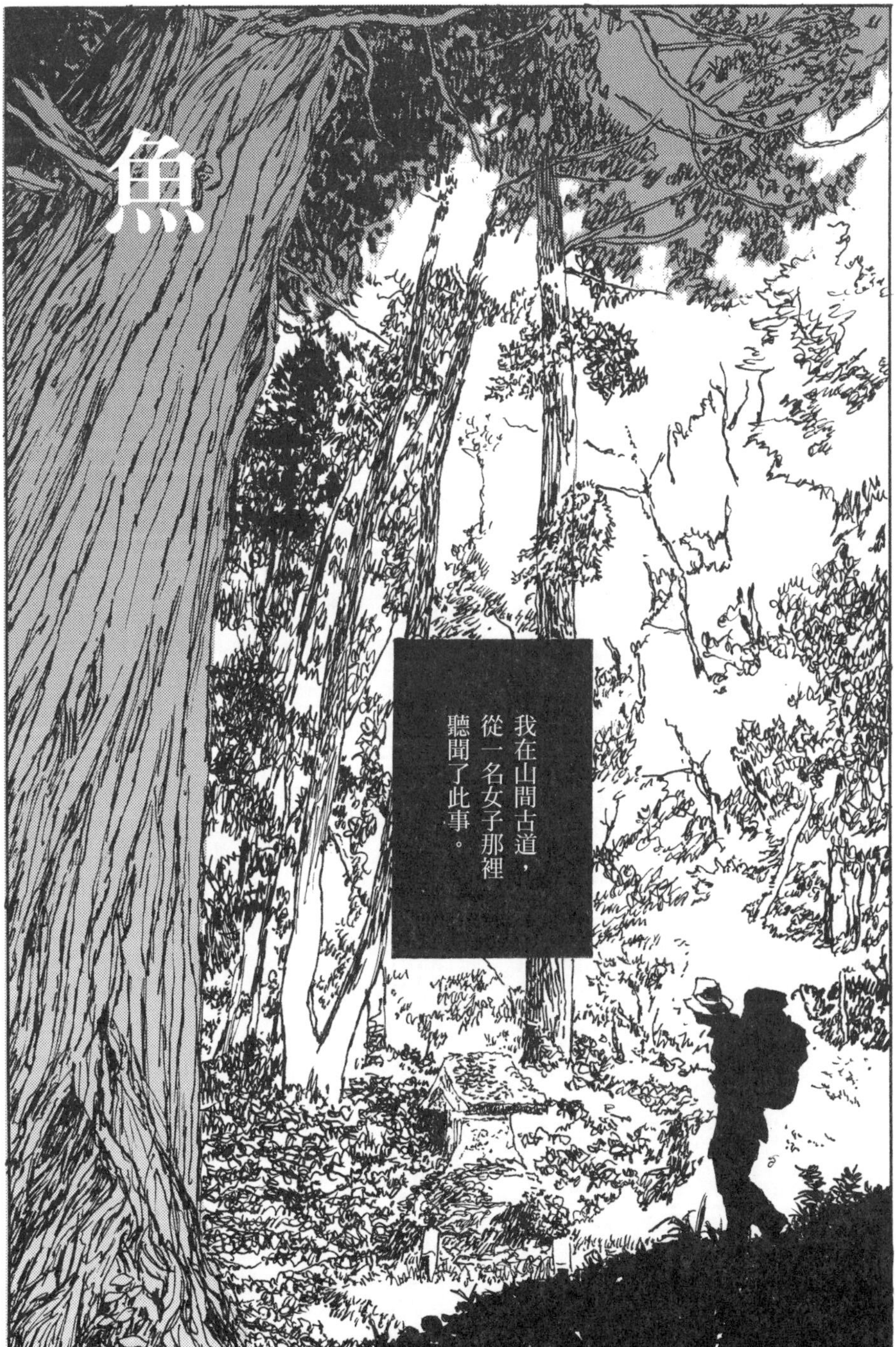
魚
我在山間古道，
從一名女子那裡
聽聞了此事。

這座山上，
有女人有不能下水的日子……
這是規定好的。
以前有個外來者，在不知情的狀況下入山。
唧—
嘎嘎嘎嘎

沒有人
告訴她這件事。
嘩啦

嘩啦——
好舒服……
呀！
溜

魚……
哇，聚集了這麼大一群……
！
擠
喂……
你們……
頂
別這樣！
溜
哇！

不要……
嘩啦
!!

啾喳
啾喳啾喳
滑…
不要……
噗通
溜溜溜溜

嗚
嘎！
嗚
嘩啦嘩啦嘩啦……

女人全身上下都被注入山之精氣……不久後便有了身孕…
然後，生下了……

小女子我。
啪
啪

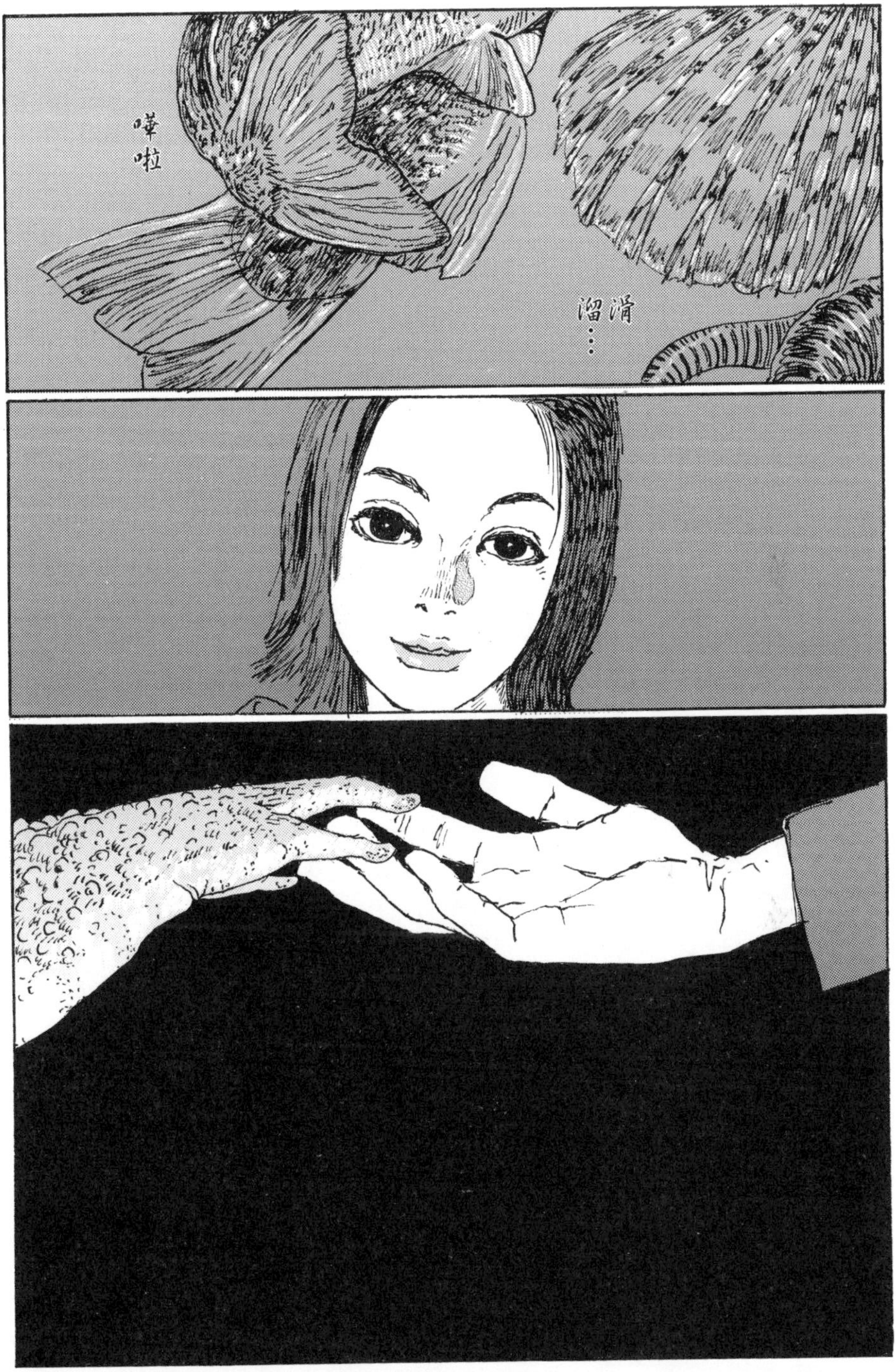
溜滑…
嘩啦

完

鬼，來襲

(UMWELT)

再走快一點啦！
很冷耶！
而且我們丟著行李直接跑過來……

我們都搬過來了。
任何時候都可以整理呀。
難得看到櫻花這麼……
菫花開著。
這邊才剛要入春呢。
如何？
哇。

翻過山頭竟然就是蘋果園。
山景真美呢。
啊，羊。
在哪？
鯉魚旗的……啊，走到陰影裡面，看不到了。
之前來探路時還看到了馬呢。
是喔…
不過這邊果然很冷耶…
會一直冷成這樣嗎？我可能會受不了。
蘋果樹下也是，花開得滿滿的。那是春天的花吧？

蒲公英，藍色的是波斯婆婆納。
粉紅色的是公主舞孃草，
都讓人知道春天的腳步近了呢。
公主……？
「公主舞孃草」。
看起來像不像戴著花笠的舞孃？
嗯——是有那麼一點啦。
…它是公主啊。
說是公主，其實意思是「小小的」…
有許多體型小一圈的植物，在命名時都被冠上了「公主」兩個字。
例如「公主蘋果」……也是有普通的「舞孃草」喔。
是喔。
啊，好像越看越像一大群人在跳舞了。
在半夜……

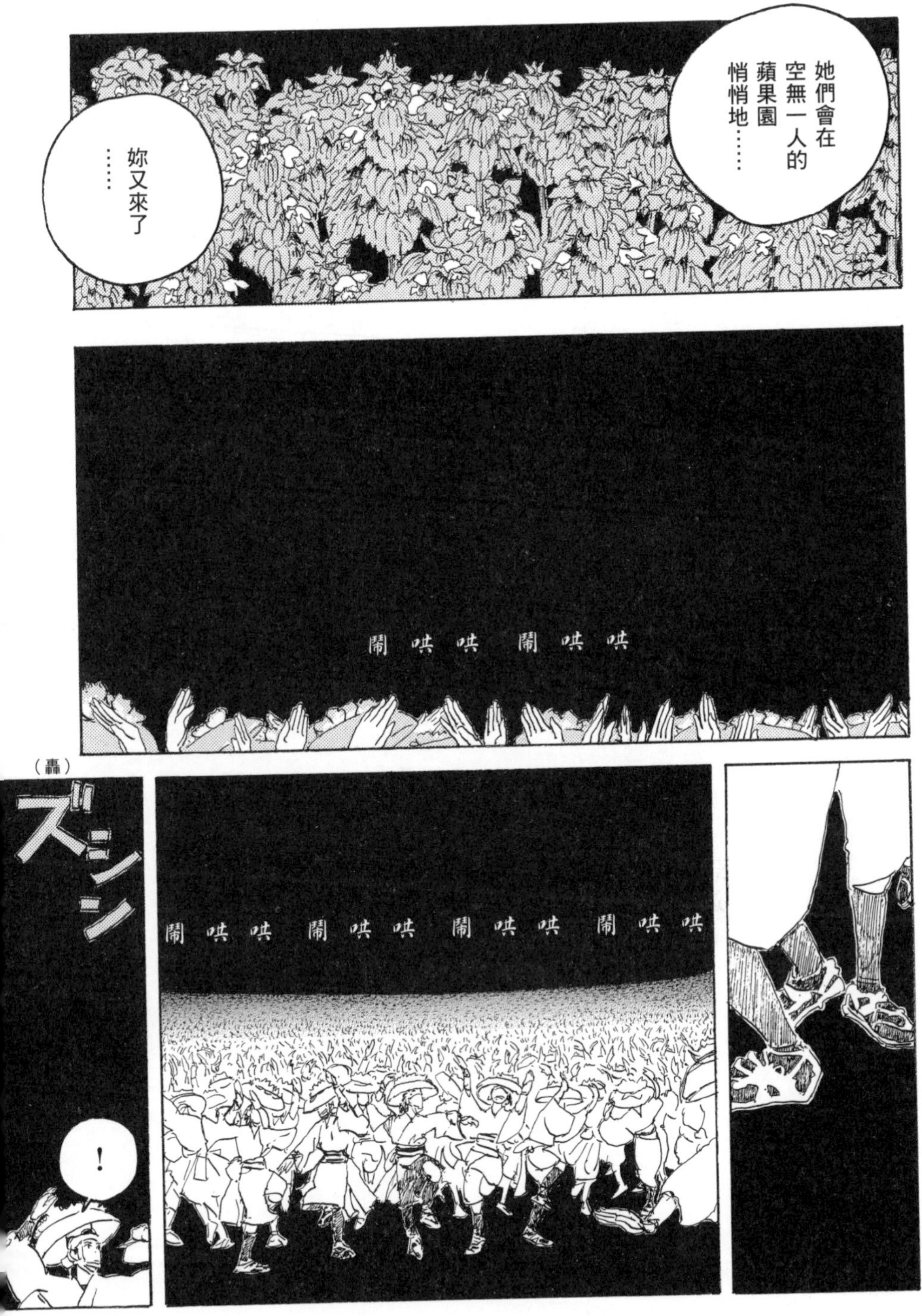

她們會在空無一人的蘋果園悄悄地……
妳又來了……
鬧哄哄 鬧哄哄
（轟）
ズシン
鬧哄哄 鬧哄哄 鬧哄哄 鬧哄哄
！

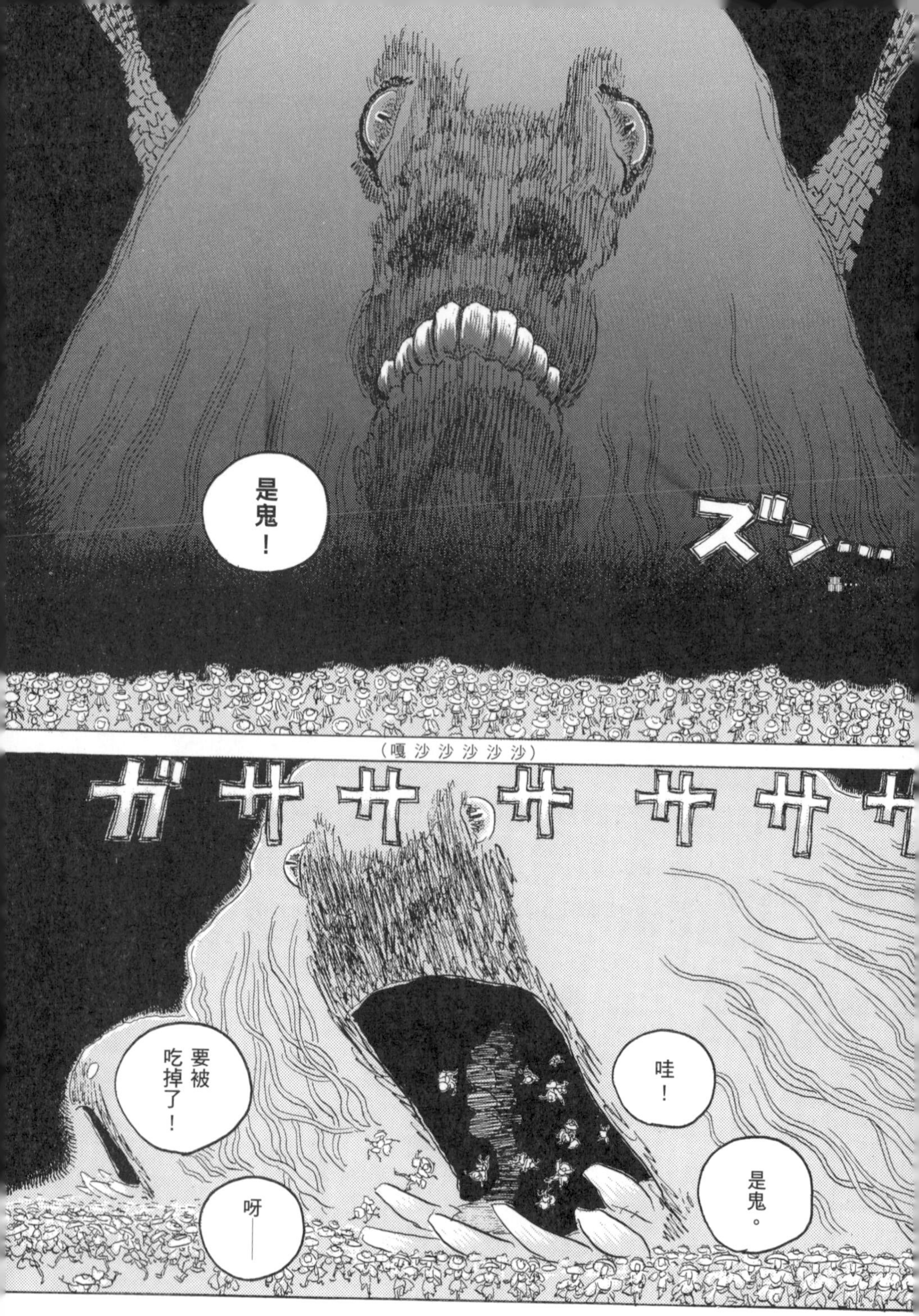
ズン…
是鬼！
(嘎沙沙沙沙沙)
ガササササササ
是鬼。
哇！
要被吃掉了！
呀——

刀架們！
拔刀！
上啊！

ゴエエエ
吼——
ゲエエエ
吼——

ボエエエエ
嗝——
ズバ
嚓
ギャアァアアァ
嘎——
好，把他們趕到鬼笯去吧。
！

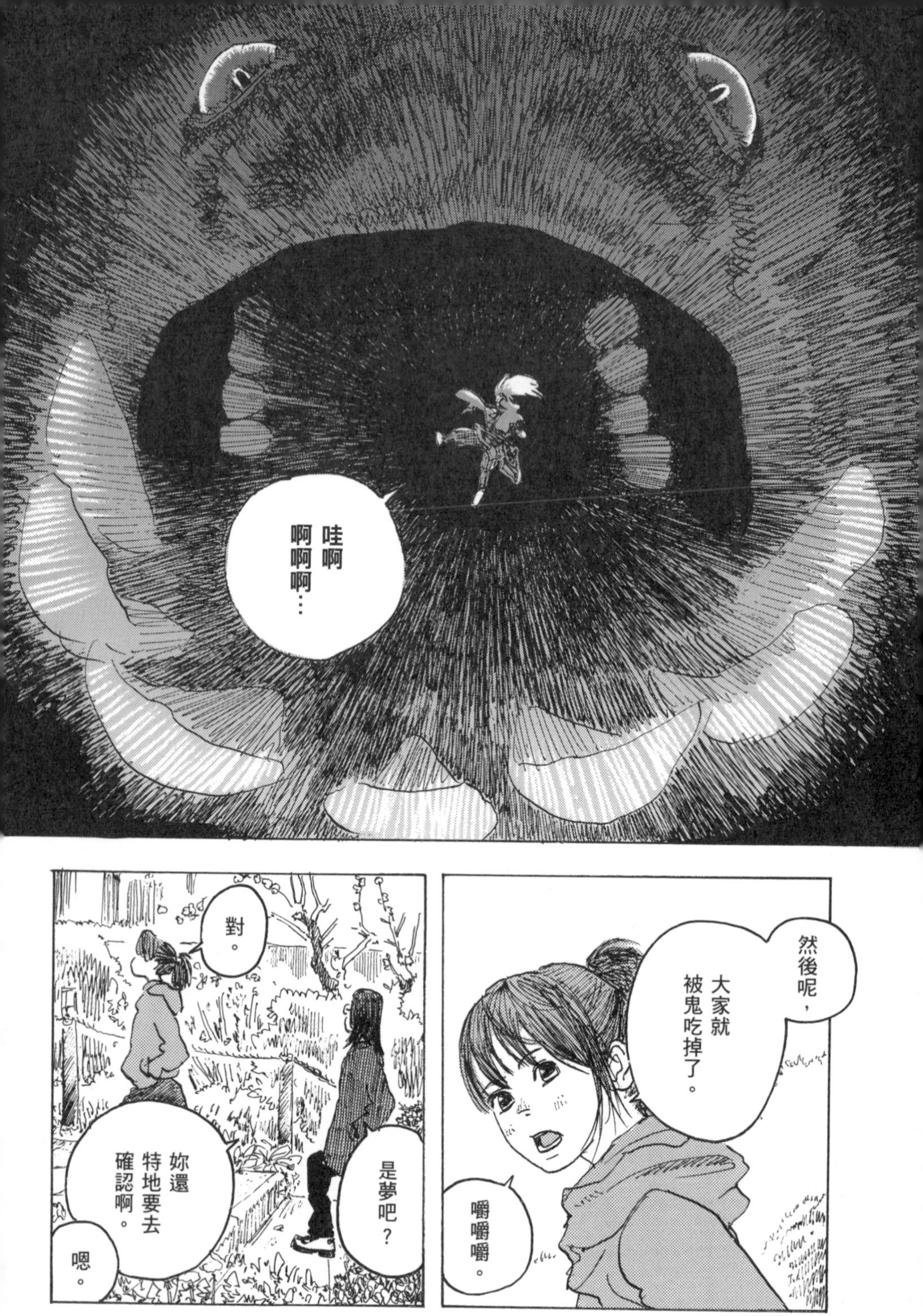
哇啊啊啊啊……
然後呢，大家就被鬼吃掉了。
嚼嚼嚼。
對。
是夢吧？
妳還特地要去確認啊。
嗯。

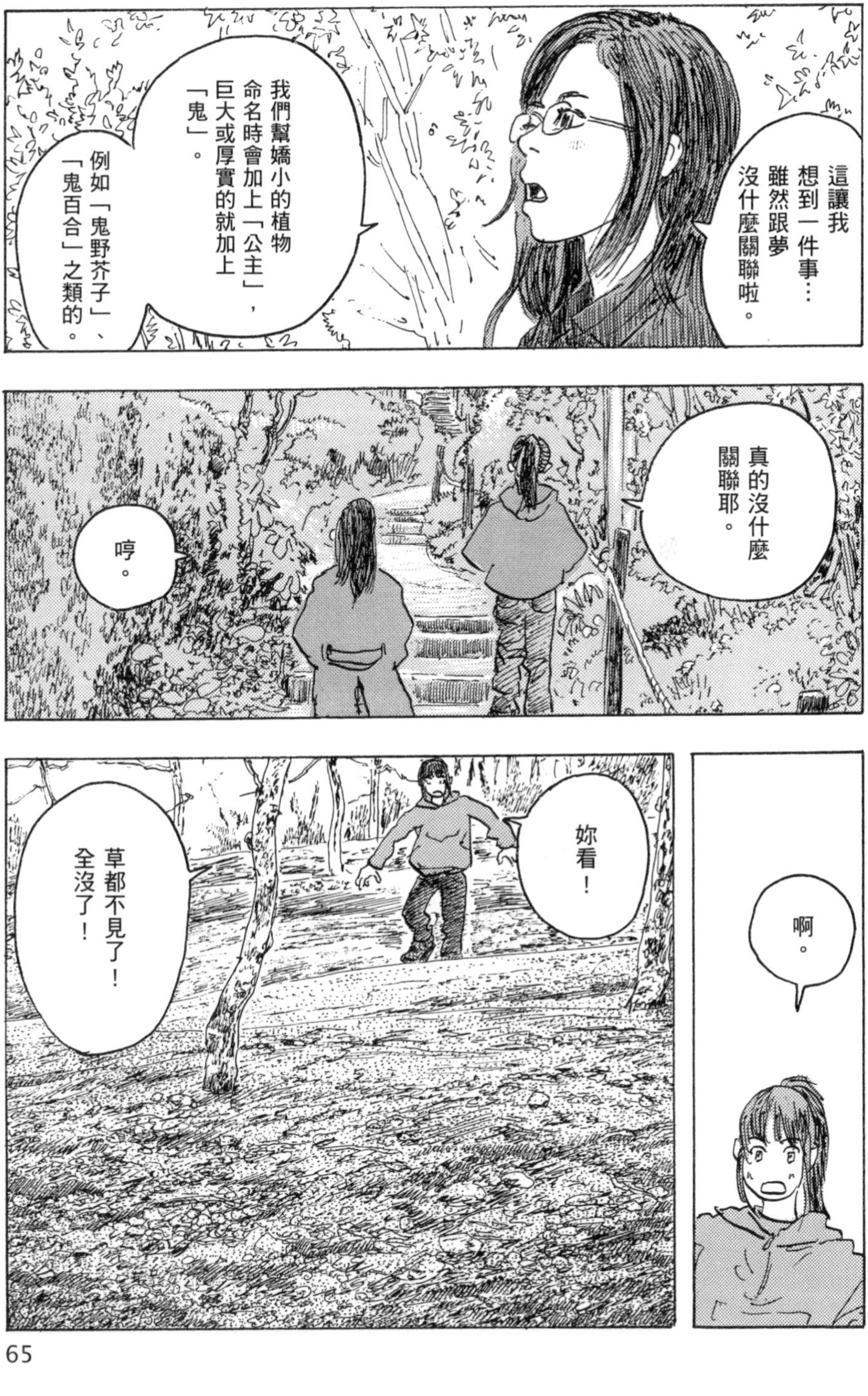
這讓我想到一件事…雖然跟夢沒什麼關聯啦。
我們幫嬌小的植物命名時會加上「公主」，巨大或厚實的就加上「鬼」。
例如「鬼野芥子」、「鬼百合」之類的。
真的沒什麼關聯耶。
哼。
啊。
妳看！
草都不見了！全沒了！

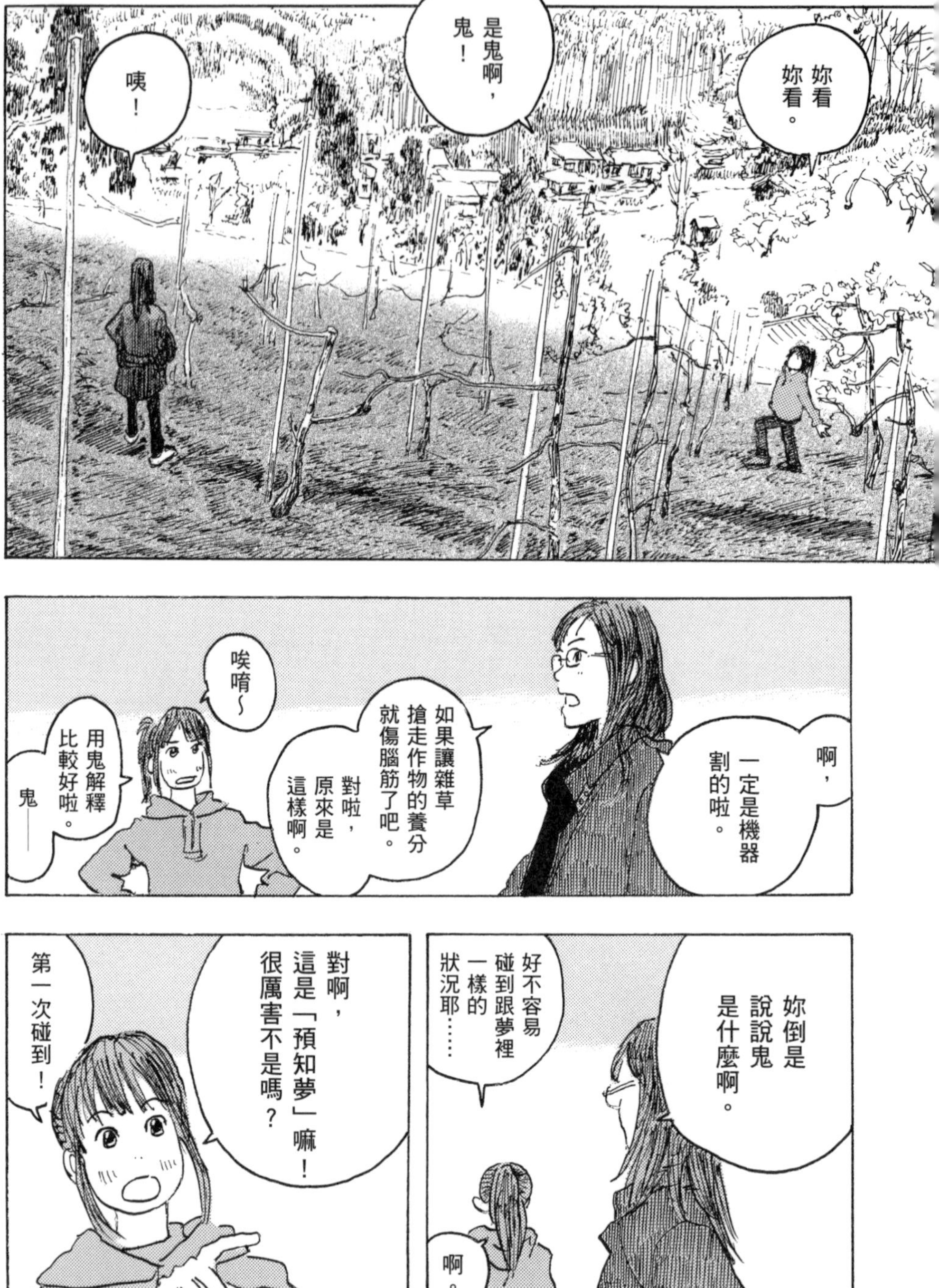
妳看妳看。
是鬼啊，鬼！
咦！
啊，一定是機器割的啦。
如果讓雜草搶走作物的養分就傷腦筋了吧。
對啦，原來是這樣啊。
唉唷～
用鬼解釋比較好啦。
鬼——
妳倒是說說鬼是什麼啊。
好不容易碰到跟夢裡一樣的狀況耶……
啊。
對啊，這是「預知夢」嘛！很厲害不是嗎？
第一次碰到！

我跟這地方搞不好合得來喔。
妳不是怕冷嗎？
冷會讓神經繃得比較緊呀。
真單純…
咩
咩
咩！
咩！
咩！
咩！

完

土龍

UMWELT

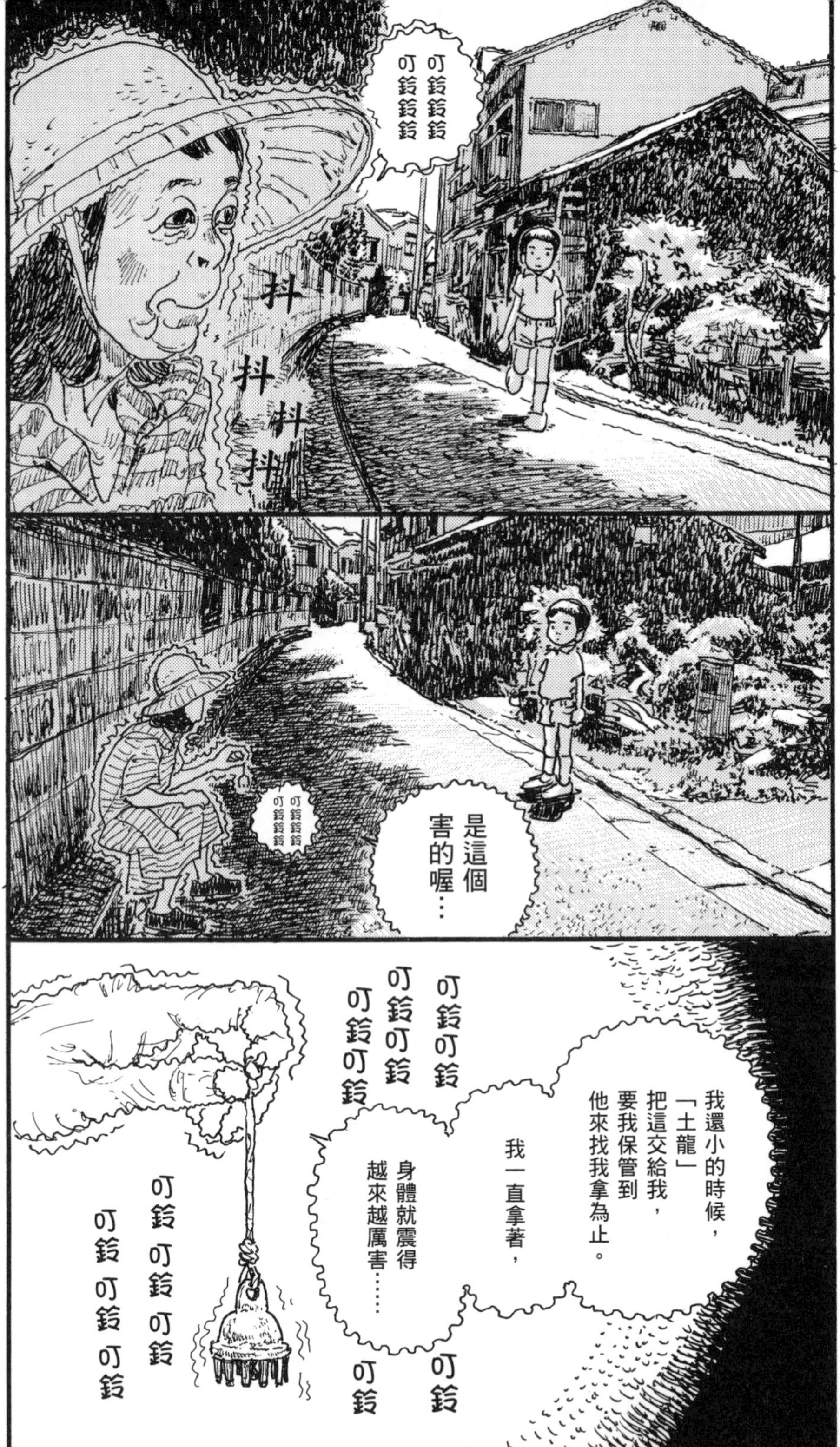

叮鈴鈴鈴
叮鈴鈴鈴
抖
抖
抖
抖
是這個害的喔…
叮鈴鈴鈴
叮鈴鈴鈴
我還小的時候，「土龍」把這交給我，要我保管到他來找我拿為止。
我一直拿著，
身體就震得越來越厲害……
叮鈴叮鈴
叮鈴叮鈴
叮鈴叮鈴
叮鈴
叮鈴
叮鈴 叮鈴 叮鈴
叮鈴 叮鈴 叮鈴

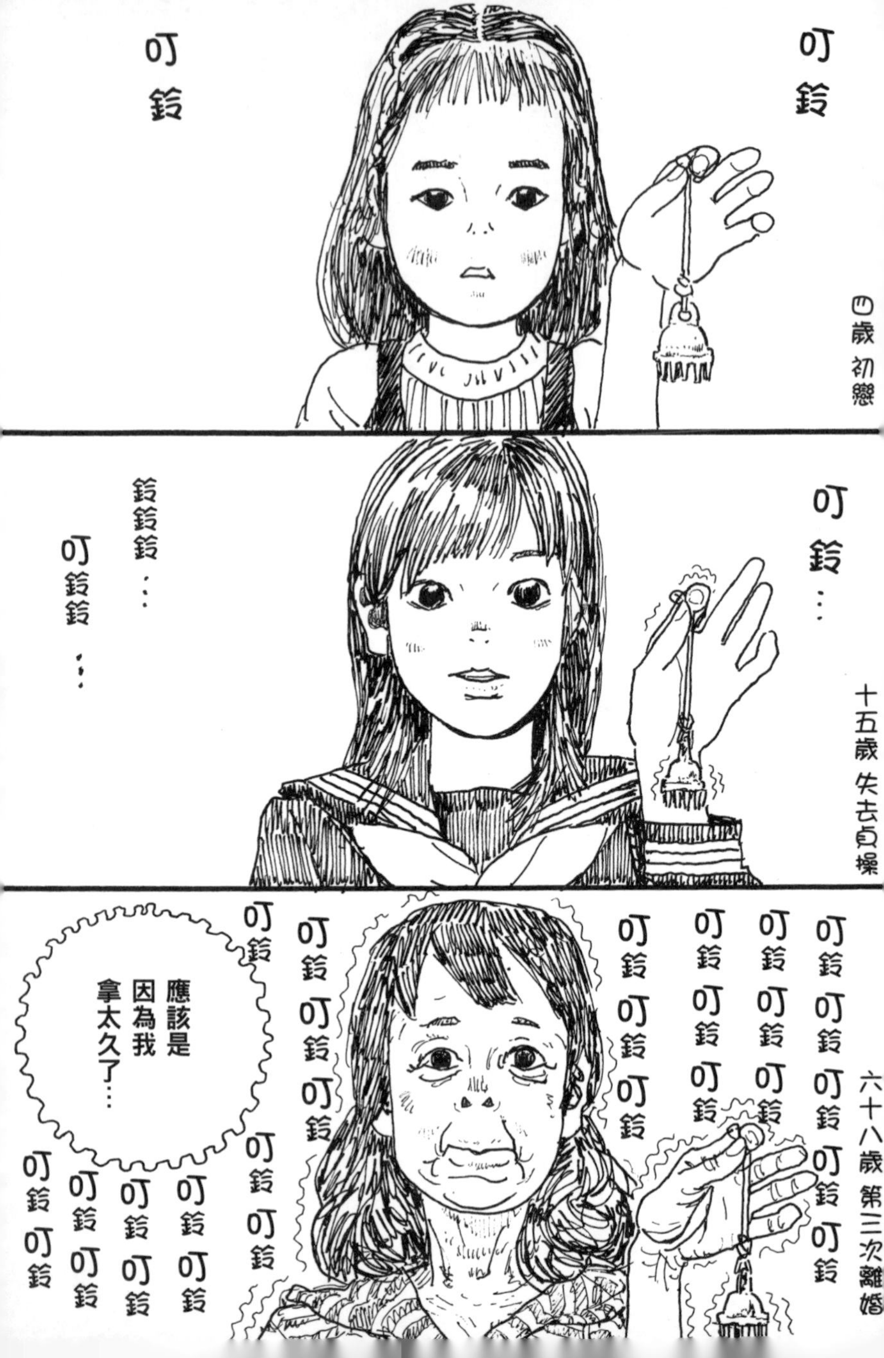
四歲 初戀
叮鈴
叮鈴
十五歲 失去貞操
叮鈴…
鈴鈴鈴…
叮鈴鈴…
六十八歲 第三次離婚
叮鈴叮鈴叮鈴叮鈴叮鈴
叮鈴叮鈴叮鈴
叮鈴叮鈴叮鈴
叮鈴叮鈴叮鈴
叮鈴叮鈴叮鈴
叮鈴
叮鈴叮鈴
應該是因為我拿太久了…
叮鈴叮鈴
叮鈴叮鈴
叮鈴叮鈴
叮鈴叮鈴

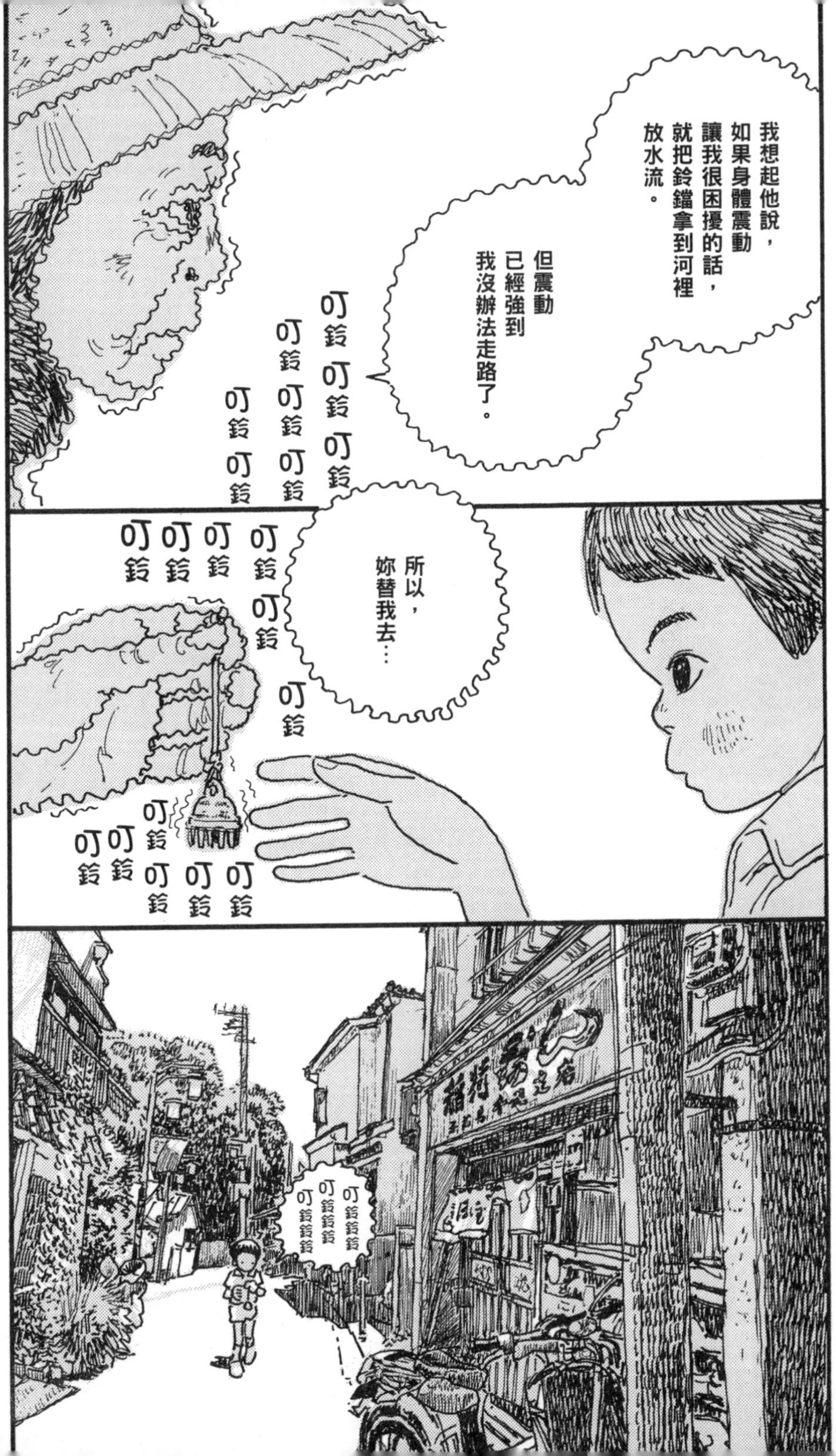
我想起他說，如果身體震動讓我很困擾的話，就把鈴鐺拿到河裡放水流。
但震動已經強到我沒辦法走路了。
叮鈴叮鈴叮鈴
叮鈴叮鈴叮鈴
叮鈴叮鈴
所以，妳替我去…
叮鈴叮鈴叮鈴叮鈴叮鈴叮鈴
叮鈴叮鈴叮鈴叮鈴叮鈴叮鈴
叮鈴鈴鈴
叮鈴鈴鈴

找到妳了——。
啊。
那啥啊——那麼寶貝地拿著——
叮鈴鈴 叮鈴鈴
我今天沒錢…
咚
叮鈴！
——我沒要討錢

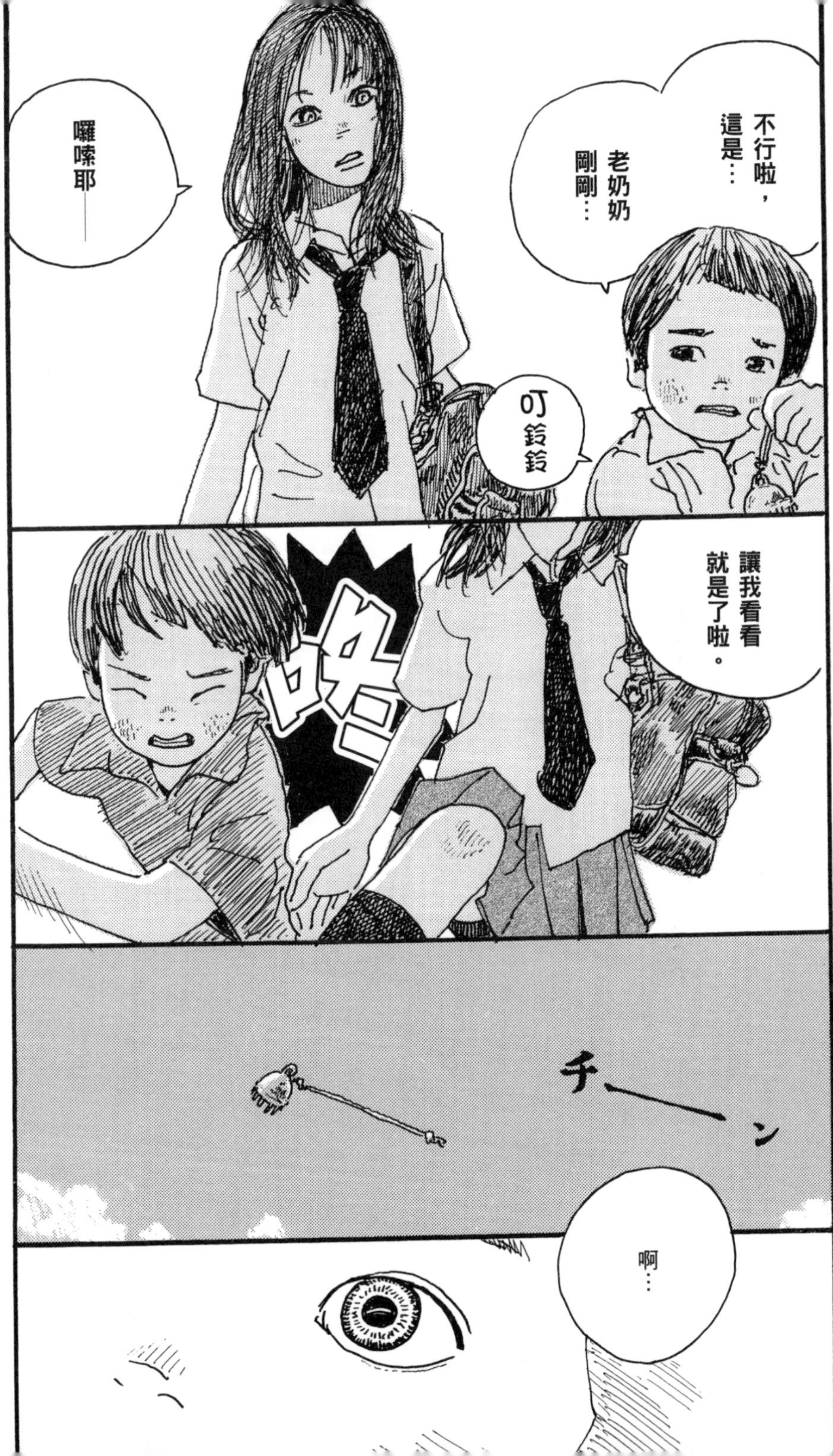

(叮——)

叮鈴鈴
ゴワアア
（隆隆）
啪哩

ゴウアァ
（隆隆）
什麼啊，
是壞掉的鈴鐺喔……
……

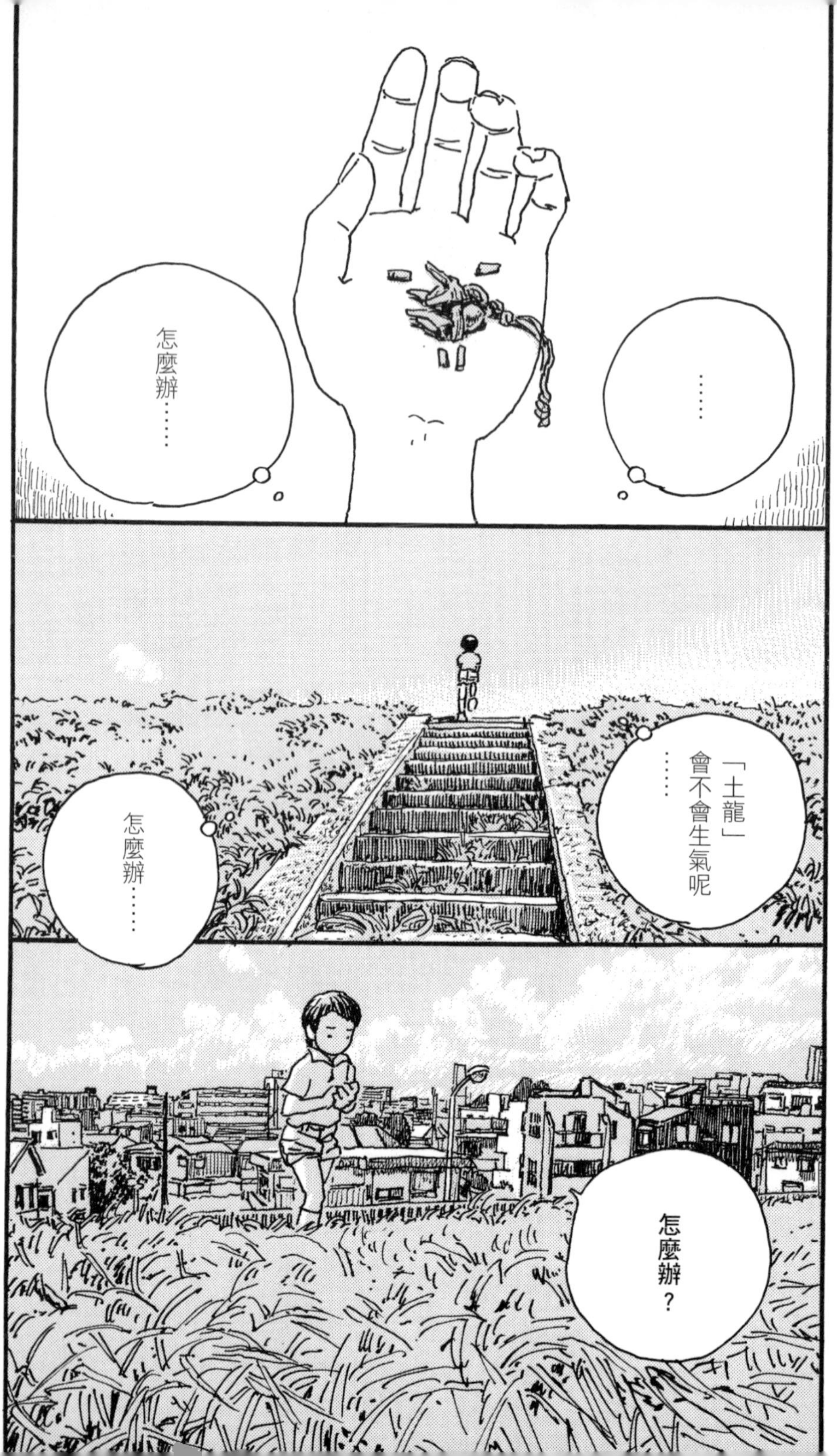
……
怎麼辦……
「土龍」會不會生氣呢……
怎麼辦……
怎麼辦？

欸……
能不能還我鈴鐺呢？
在妳手上吧。
沒有那個，我會很困擾的。

來，還我吧。
你是……
……「土龍」？
完

(UMWELT)

鐺鏗鐺啦叩
噗通
喔，
是祭典隊伍。
是太鼓。
鐺鏗鐺啦叩
御祭禮

小孩子們…
哎唷。
啪沙
……
欸，要走囉。
真是的。
…好久沒走動了，覺得身體好重。

啊。

……啊。
哎呀呀。
跑到這種地方來啦。

我知道你很開心，
但會被踩到喔。
美代子婆婆，怎麼了？
嗯，沒事。
喏，
有人在叫妳喔，市子。
市子～笛子～
好～
我受到觸碰，
啊。

身體一整個變輕了……
鐺鏗鐺啦叩鐺
鐺鏗鐺啦叩鐺

沙叩拉—秋以娃叼書—
很久很久以前，我在一個名叫小森的聚落誕生。

完

真是太好了，雨男

前言。
「魚人」是魚化成的人，
「蜘蛛男」是蜘蛛化成的人，
所以說，
「雨男」是雨化成的人。

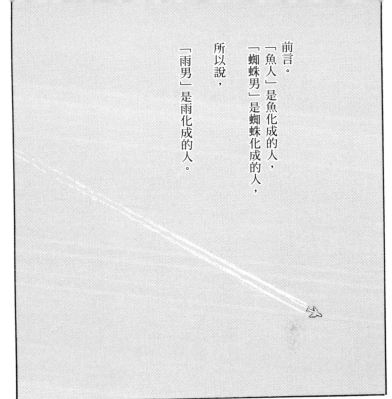

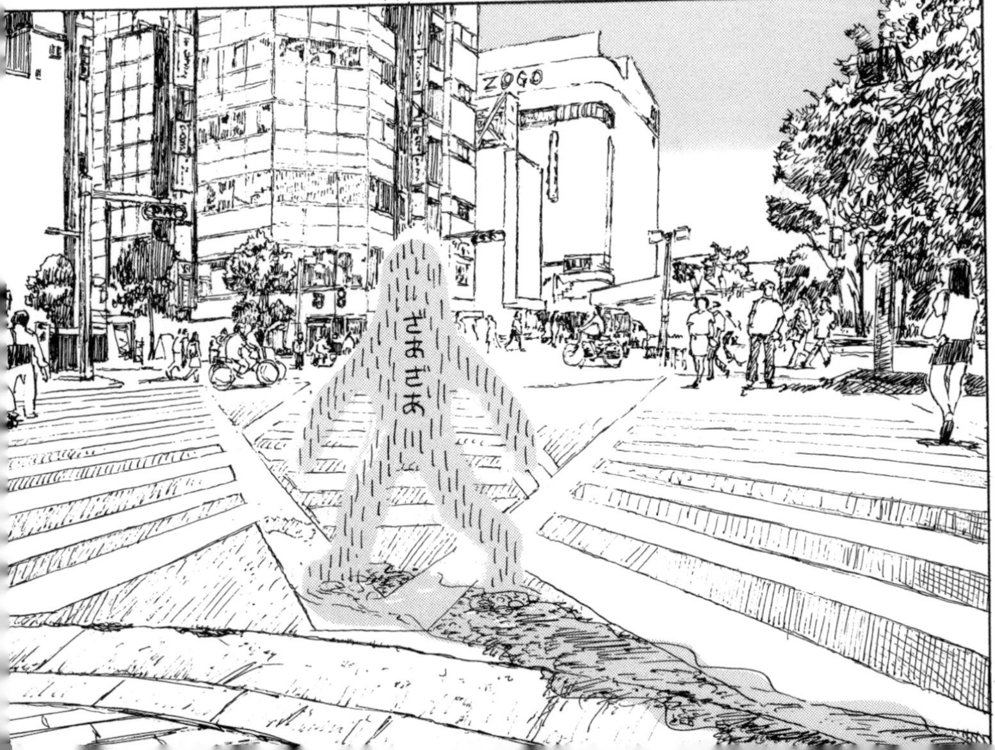
(嘩啦)
ざあざあ

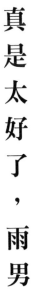

你會害我們沒辦法工作，可以閃邊去嗎！
ざあざあ

叮鈴鈴鈴！
ざあざあ

ざあざあ
喂，你要是害這裡淹水的話，我們會很頭痛的。

ざあ ざあ
ざあ ざあ
ざあざあ
ガッポ
ガポ
(喀啵 喀啵)

叮鈴匡啷
ざあざあ
ガポッ
（喀啵）
這、這樣我們很難做生意。

叭叭
ざあざあ
ガッポガッポ
（喀啵 喀啵）

（喀啵 喀啵）

呼——
ざあ
ざあ
（嘩啦 嘩啦）
ざあざあ
啊——清爽多了。
謝謝你，雨男。
ざあざあ
完

正吉和奶奶

(UMWELT)

做完祖父的周年忌後，
祖母的身體似乎
突然縮小了，
這讓媽非常擔心。
家族之中，
我住得離祖母最近，
因此開始會
不時去探望她。
周年忌的時候
我在考試，
沒辦法去……
所以我已經
一年沒見到
她了啊……

奶奶，我來囉——
奶奶！
……奶奶？
正吉！好久不見耶！
我現在在準備泡茶。

還好我預先買了微波爐，水也可以加熱對吧。
流理台對我來說太高了。
你要喝嗎？
我最近一天到晚都買便當冷凍起來放喔，
微波加熱就能吃了。
冷藏庫我也搆不著了。
哎呀——正吉，你長大了呢……
……

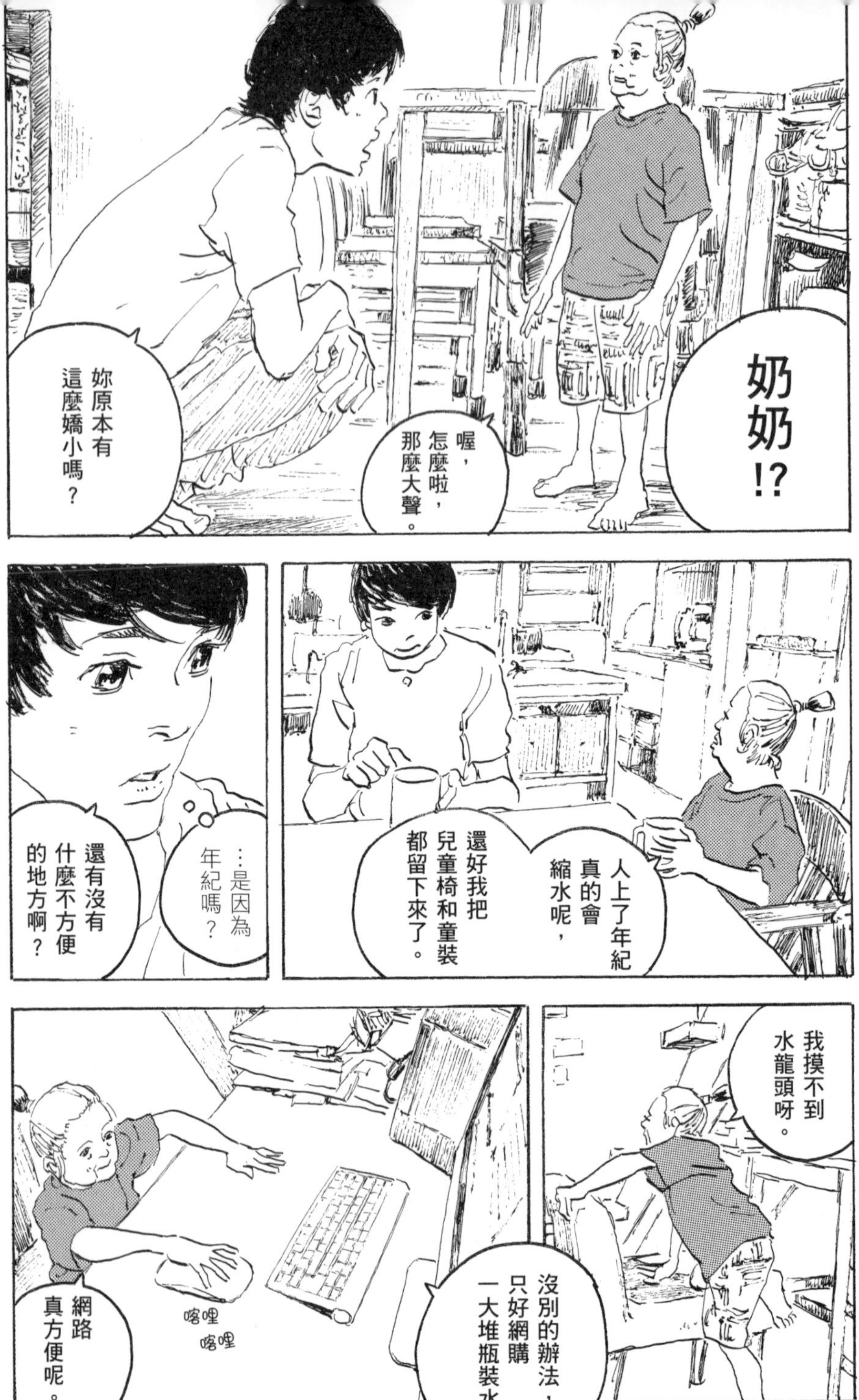

奶奶!?
喔，怎麼啦，那麼大聲。
妳原本有這麼嬌小嗎？
人上了年紀真的會縮水呢，
還好我把兒童椅和童裝都留下來了。
…是因為年紀嗎？
還有沒有什麼不方便的地方啊？
我摸不到水龍頭呀。
沒別的辦法，只好網購一大堆瓶裝水。
喀哩 喀哩
網路真方便呢。

來來來
正吉，
洗衣機我推薦滾筒式的！
人老縮水後還是可以照用不誤～
最新型的家電連這點都考慮到了呢，真厲害。
是這樣嗎……
在家裡生活還勉強過得去，但要領錢的時候呀……
臨櫃提款呢？
每次都要解釋，很麻煩啊。
每次要操作ATM都得請人抱我，好尷尬呢。
可以請妳把我抱起來嗎？
咦？
你下禮拜來的時候就幫我領錢吧，
我會告訴你密碼。
喏，提款卡。
……

隔週
奶奶，我進來囉——錢我領囉——
你來得正好！
喀沙喀沙
我正傷腦筋呢。
……
奶奶，虧妳這樣還能上下樓梯呢。
下得來，可是上不去喔。
喀沙喀沙
啊，那件！那顏色好哩。
我把衣服改小了，但身體還是一直縮水，都穿不了了。

也就是說，老化速度比我想得還快呢。
是這樣嗎……
抱歉奶奶，我不會縫東西……
比衛生紙重呢。
原本用上手的工具都用不順呢。
哎，本來就會這樣吧。
上了年紀，生活會越來越不便。
哎唷——真是幫了我一個大忙。
我用不了鐮刀，所以連這樣的院子對我來說都很大，整個忙不過來呀。

哇！
（彈）
ピョン
讓庭院荒廢，下場就是這樣呢！
（彈）
ピョン
哎唷！你很慢耶。
還年輕，動作要俐落一點啊！
咦…抱歉……
……欸，奶奶。
我可以暫時在妳家住下來嗎？
這蒲公英的葉子是不是病啦。
草叢變得茂密後通風變差了，也許是因此長了細菌吧。
咦？
啊，也對，你住下來大概可以幫我很多忙。
要是不經常擦地，灰塵就會越積越多。
你看，連足跡都冒出來了。

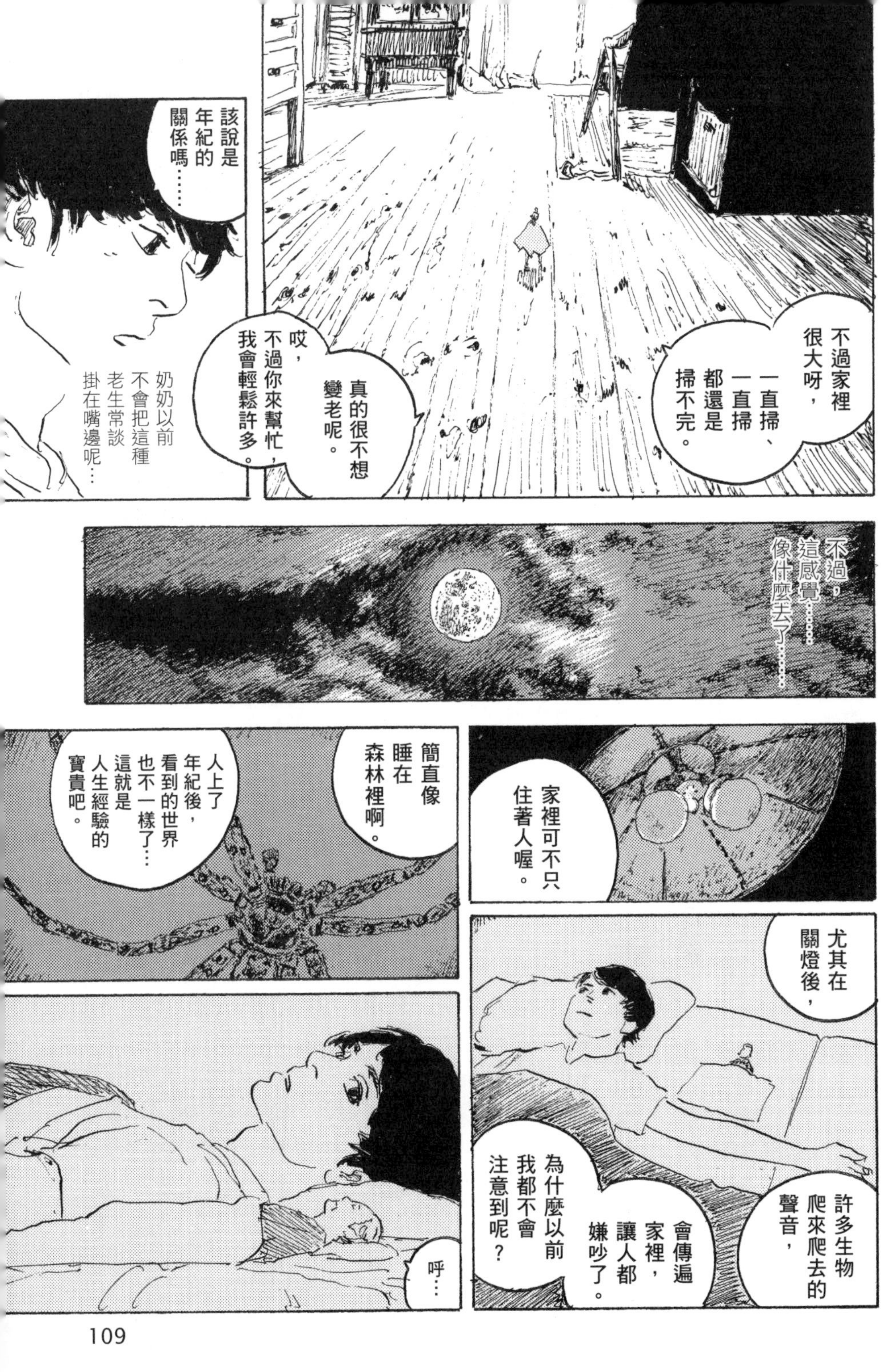
不過家裡很大呀，
一直掃、一直掃都還是掃不完。
真的很不想變老呢。
哎，不過你來幫忙，我會輕鬆許多。
該說是年紀的關係嗎……
奶奶以前不會把這種老生常談掛在嘴邊呢……
不過，這感覺……像什麼去了……
家裡可不只住著人喔。
簡直像睡在森林裡啊。
人上了年紀後，看到的世界也不一樣了…這就是人生經驗的寶貴吧。
尤其在關燈後，
許多生物爬來爬去的聲音，
會傳遍家裡，讓人都嫌吵了。
為什麼以前我都不會注意到呢？
呼…

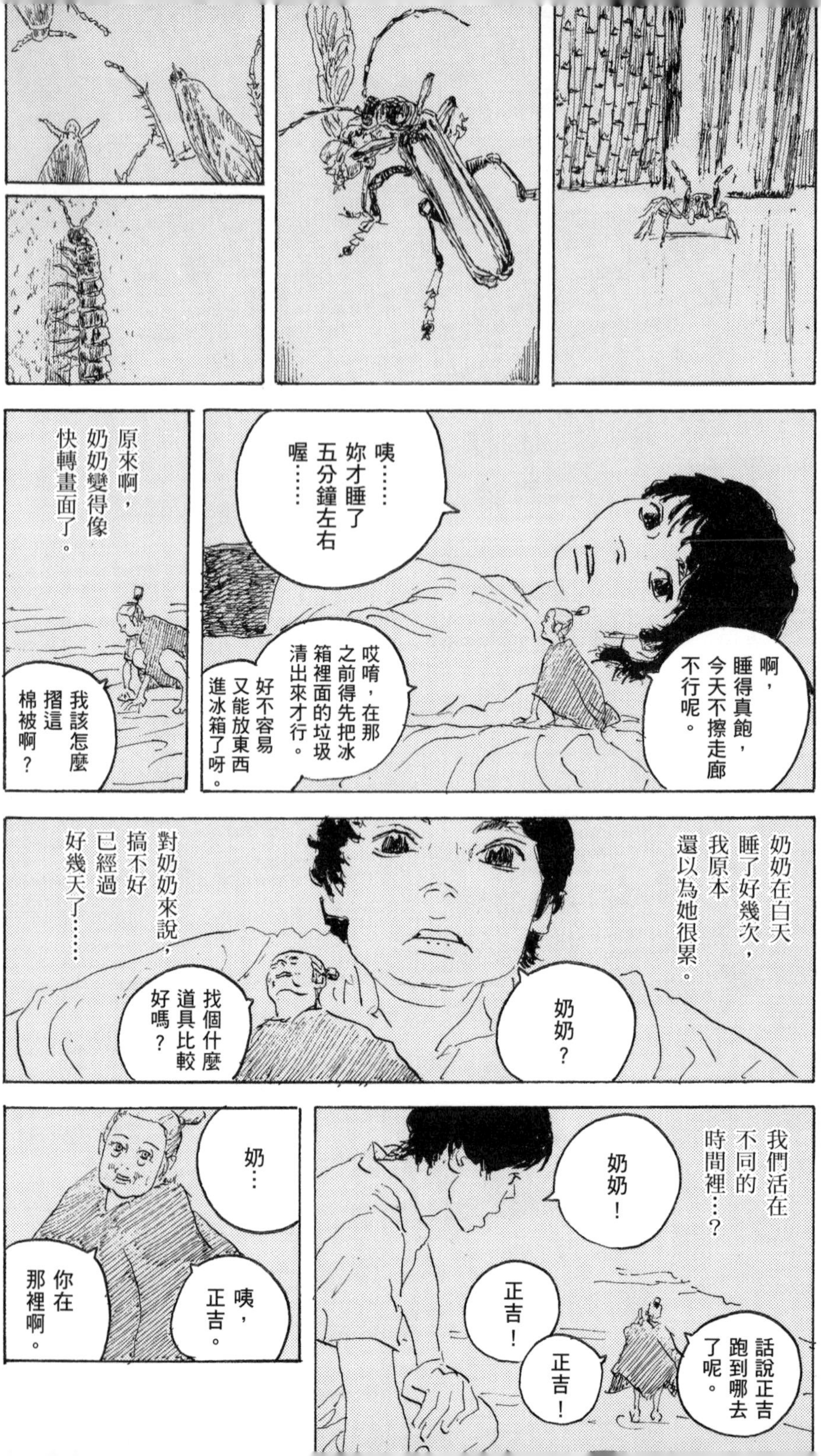

啊，睡得真飽，今天不擦走廊不行呢。
哎唷，在那之前得先把冰箱裡面的垃圾清出來才行。
好不容易又能放東西進冰箱了呀。
咦……妳才睡了五分鐘左右喔……
原來啊，奶奶變得像快轉畫面了。
我該怎麼摺這棉被啊？
奶奶在白天睡了好幾次，我原本還以為她很累。
奶奶？
找個什麼道具比較好嗎？
對奶奶來說，搞不好已經過好幾天了……
我們活在不同的時間裡…？
奶奶！
話說正吉跑到哪去了呢。
正吉！
正吉！
奶…
咦，正吉。
你在那裡啊。

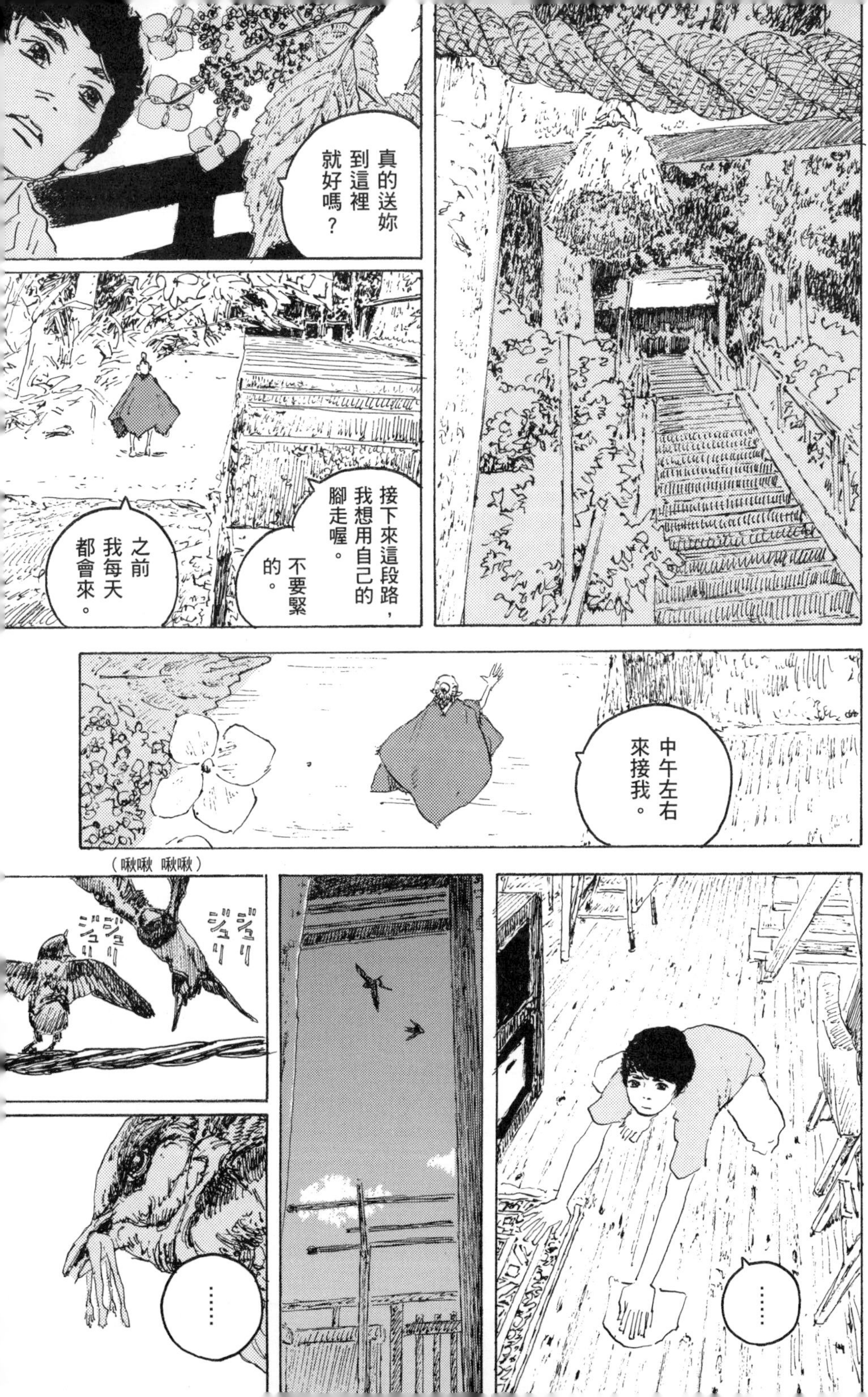
真的送妳到這裡就好嗎？
接下來這段路，我想用自己的腳走喔。
不要緊的。
之前我每天都會來。
中午左右來接我。
（啾啾 啾啾）
ジュリ ジュリ
ジュリ ジュリ
……
……

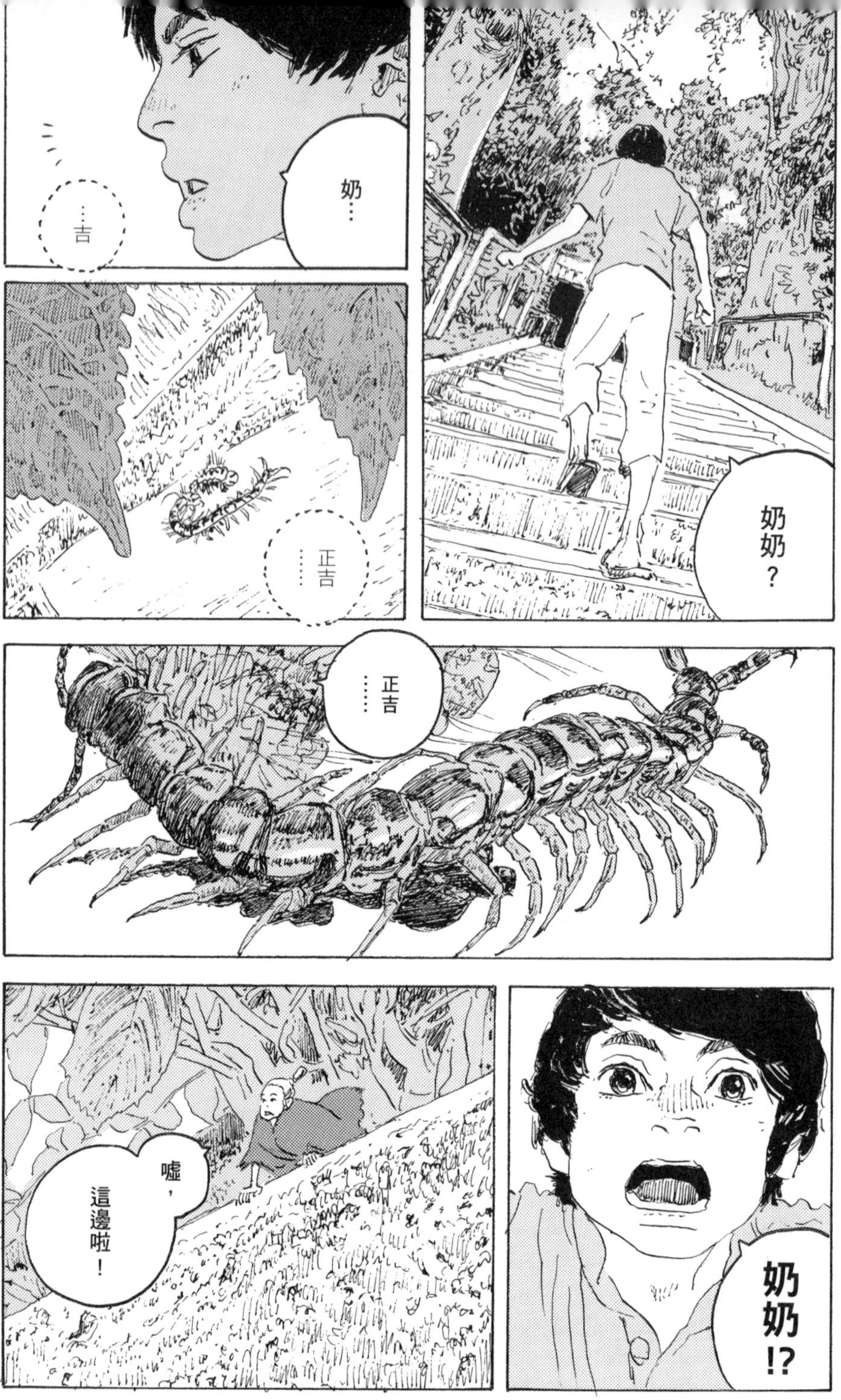
奶奶？
奶…
…吉
……正吉
……正吉
奶奶!?
噓，這邊啦！

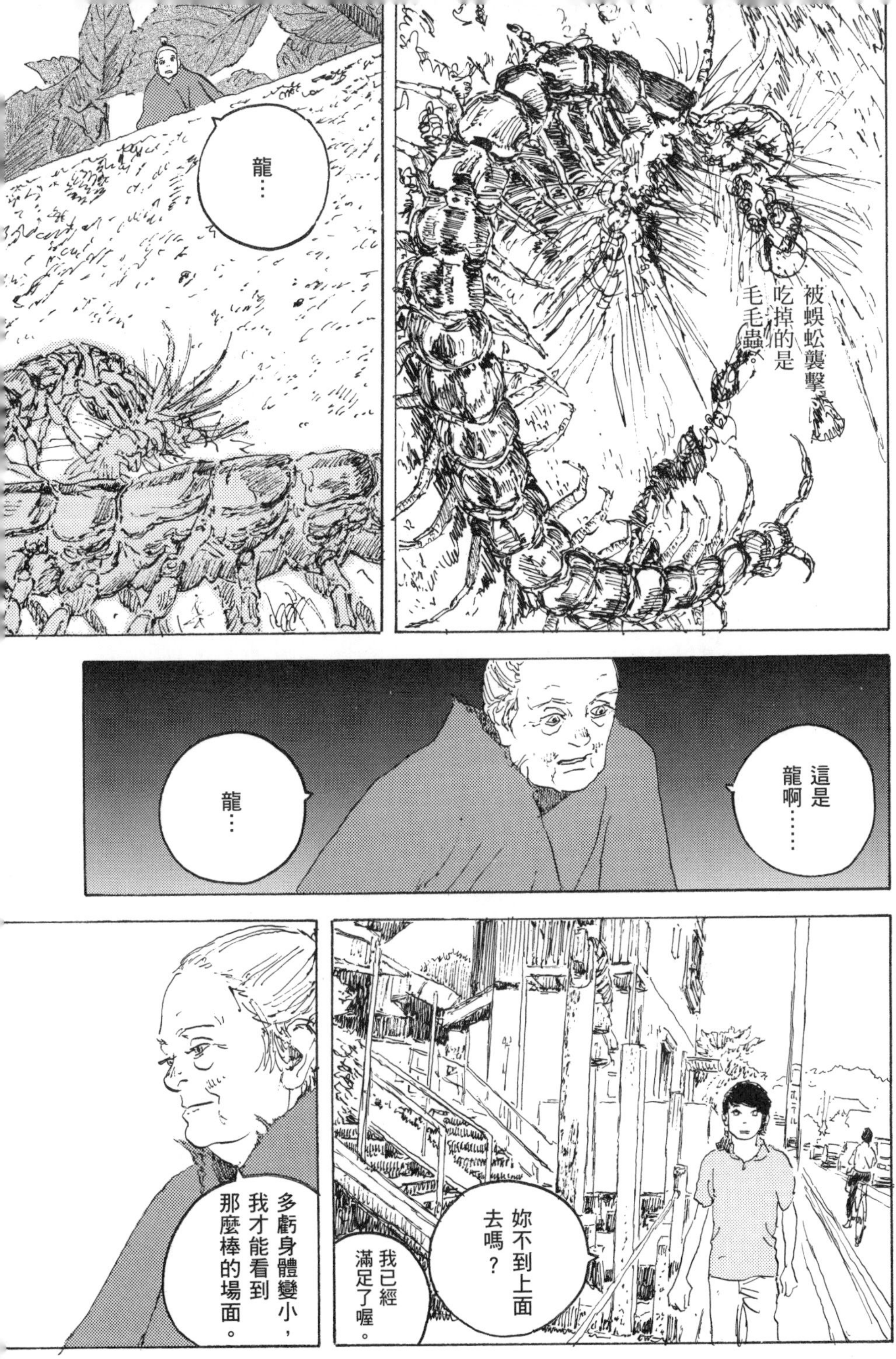
被蜈蚣襲擊
吃掉的是
毛毛蟲。
龍……
這是
龍啊……
龍……
妳不到上面
去嗎？
我已經
滿足了喔。
多虧身體變小，
我才能看到
那麼棒的場面。

咦…
當晚，我開始聽不懂奶奶說的話了。
那聽起來只像是蒼蠅振翅的聲音。
再大聲一點！
說慢一點啊！
奶奶似乎連我在場都不知道。
然後到了隔天……
奶奶！
我找不到奶奶。
奶奶！
奶奶…

我爸媽向警方報案協尋——名義是下落不明。（實際上也真的是。）
人死掉……也許就是這麼一回事呢……
怎麼一回事？
比起消失不見，
更接近無法溝通的狀態吧……
感覺產生落差？
如果對我而言的一年，在對方看來只等於一秒……
對話絕對無法成立吧？
怎麼？你是指我們嗎？

ブーン
（嗡）
時間感…還有身體大小也是，如果差異太過極端就會無法認知到對方吧，我想。
就像螞蟻無法認知大象或山那樣？
規模更大、更大吧…
嗯……
人類和地球……之類的？

Moon Child

是喔。
你喜歡我喔。
但我喜歡的是月亮耶，
如果你無所謂的話⋯
來得正好，你等等陪我去個地方吧。
？
咦⋯呃。
⋯好⋯⋯

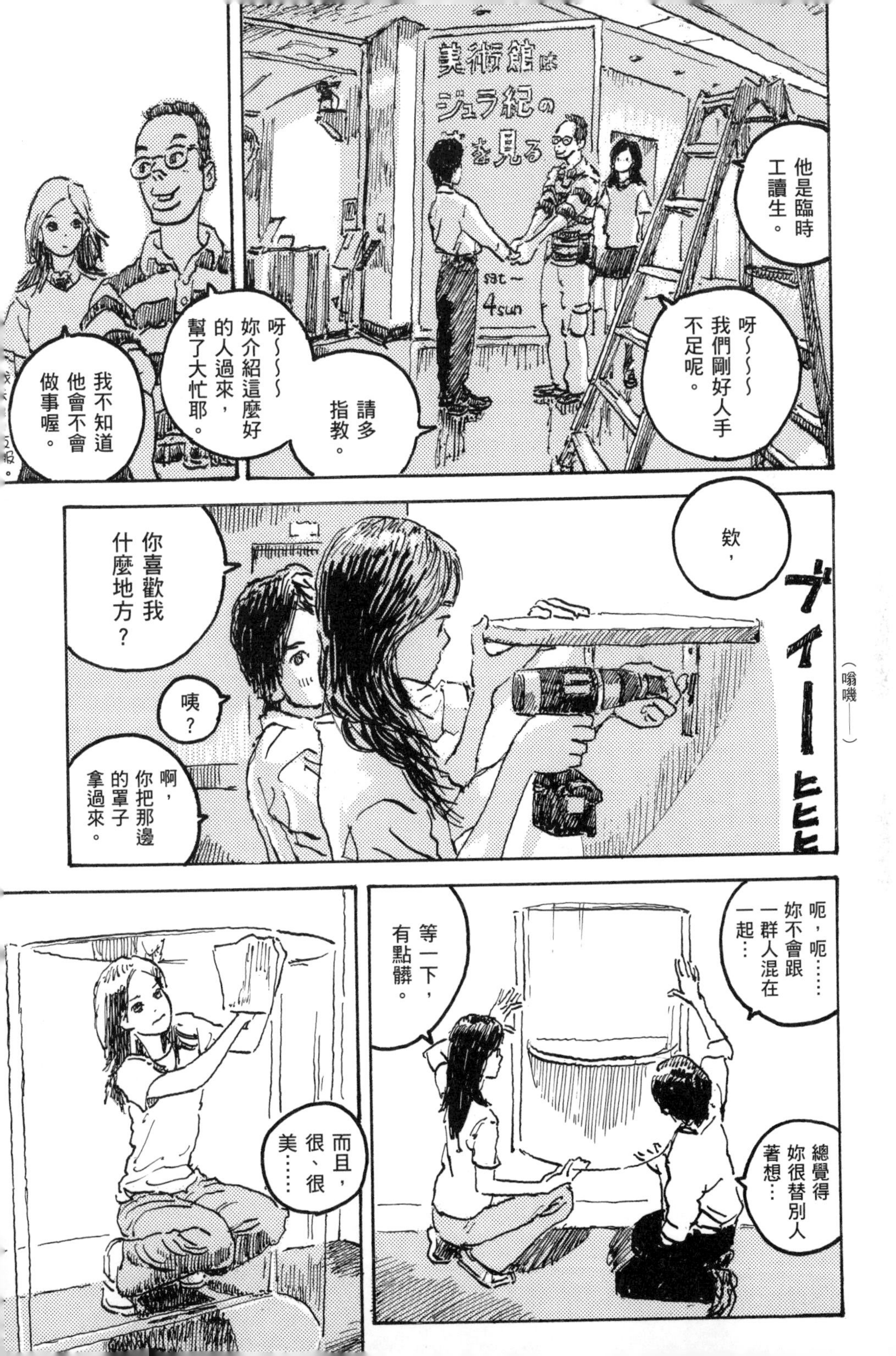
他是臨時工讀生。
呀～～～我們剛好人手不足呢。
美術館は
ジュラ紀の
を見る
sat
4sun
請多指教。
呀～～～妳介紹這麼好的人過來，幫了大忙耶。
我不知道他會不會做事喔。
欸，
（嗡嘰——）
你喜歡我什麼地方？
咦？
啊，你把那邊的罩子拿過來。
呃，呃……妳不會跟一群人混在一起…
等一下，有點髒。
總覺得妳很替別人著想…
而且，很、很美……

啊，不過呢，
說有什麼原因好像不太對。
一開始莫名在意妳，不知不覺間就一直盯著妳看，也注意到剛剛說的那些地方，所以才發現自己喜歡上妳了。那個，呃……
……
…
抱歉，呃…總覺得…
哎唷~~~
謝謝你，真害羞呢。
工作結束後…你還有時間吧？

我也一樣，
沒有什麼契機或理由呢，
懂事後就喜歡上月亮了。
很喜歡喔。
前陣子我得知一件事。
大人のおもちゃ
對著月亮尿尿，它就會讓你懷孕。
有這麼一個傳說。
我啊，
想懷月亮的小孩。

這裡是？
ピッピッピ
朋友家，別擔心啦。
（嗶嗶嗶）
トントントン
前陣子試了各種方法，但不太順利。
（咚咚咚）
說是說要向著月亮…
（喀啦）
為什麼要脫衣服！
不想沾到衣服嘛。
ガラ
嘿！幫幫我。

要怎麼弄…
角度不對呢…
這樣之類的…
這樣也不對…
這樣？
稀哩稀哩稀哩稀哩
呼～～～

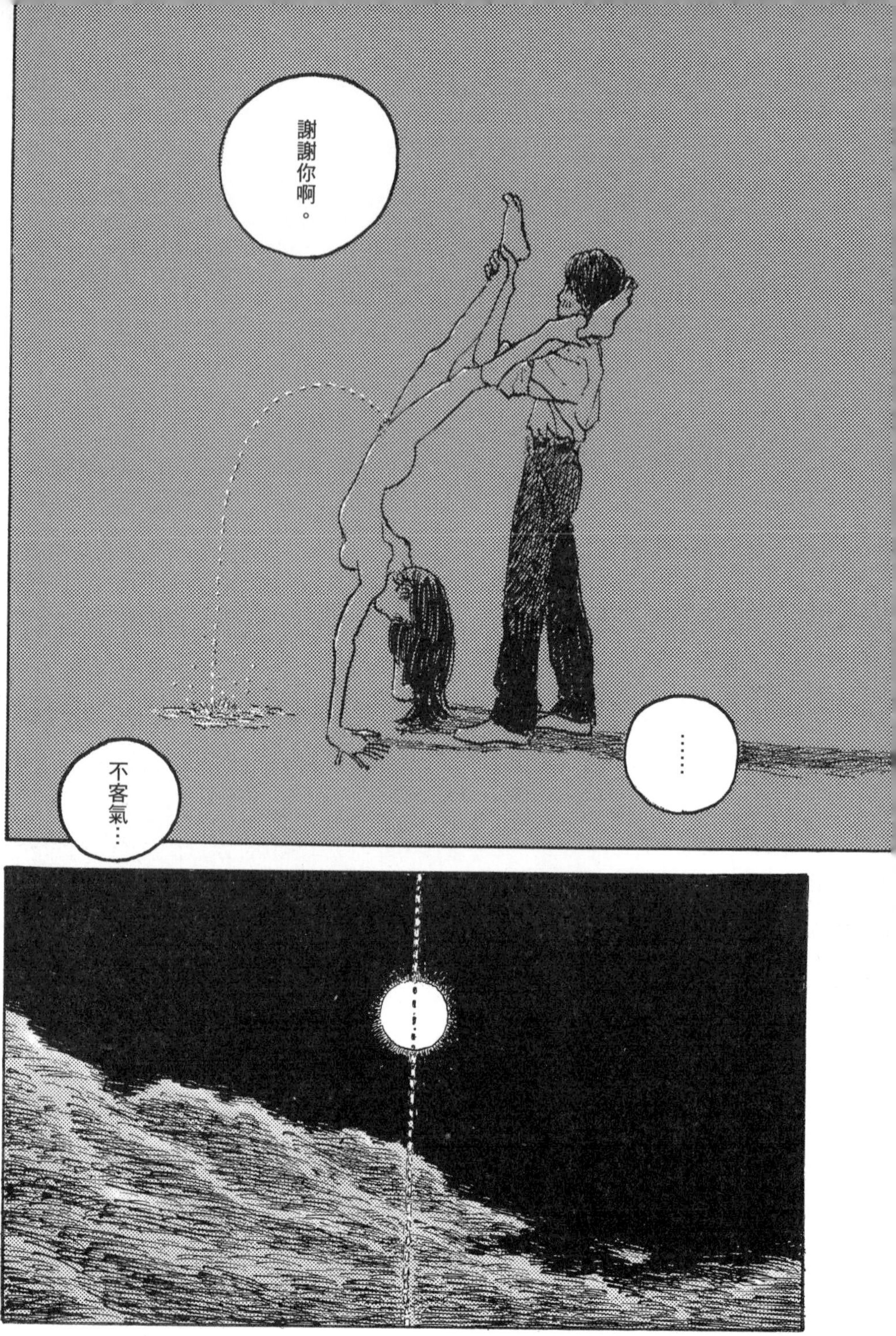
謝謝你啊。
……
不客氣…

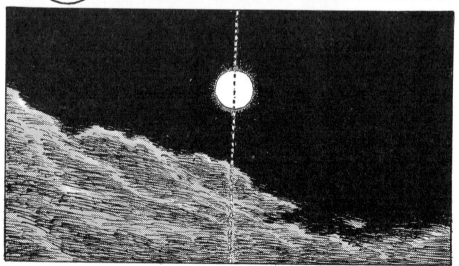

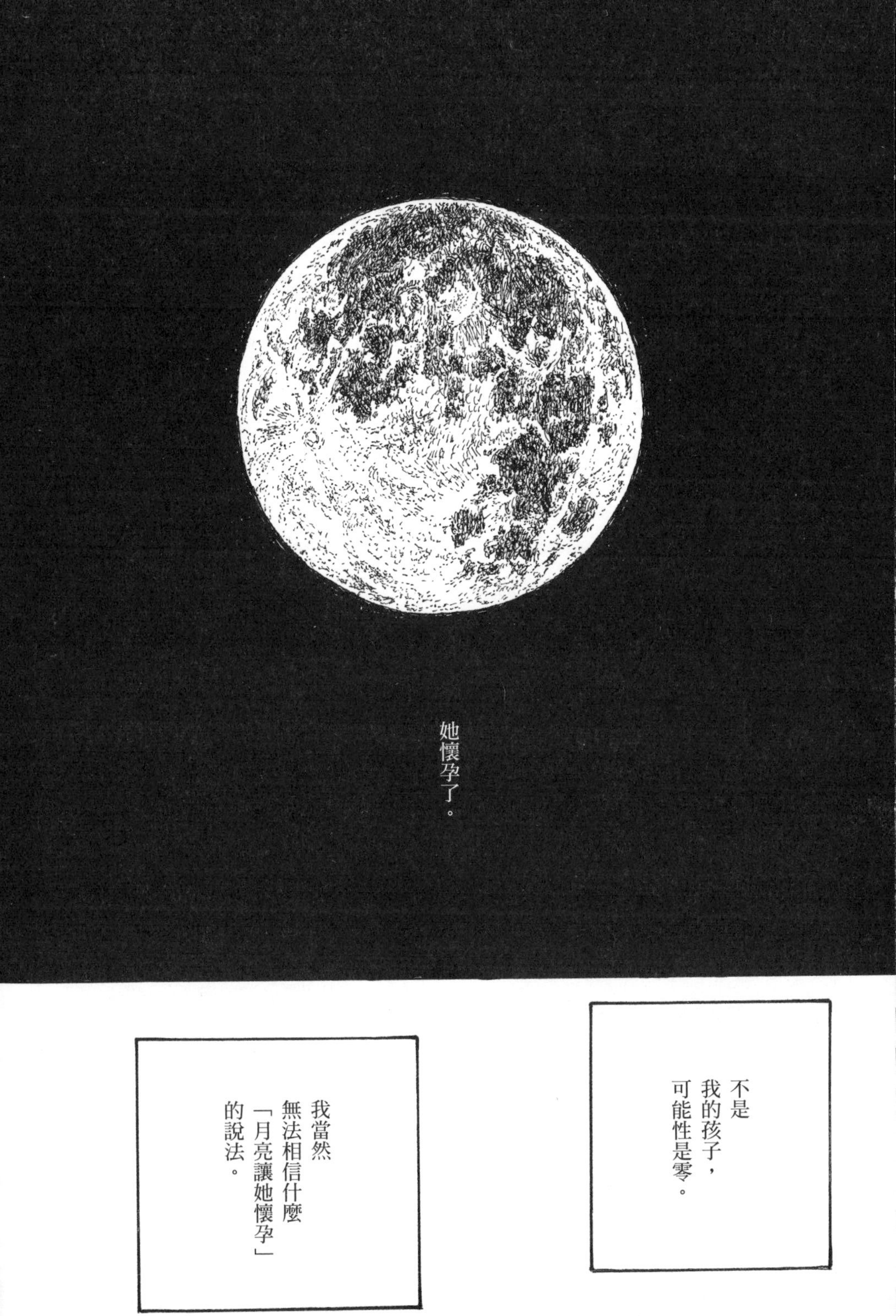
她懷孕了。
不是我的孩子，可能性是零。
我當然無法相信什麼「月亮讓她懷孕」的說法。

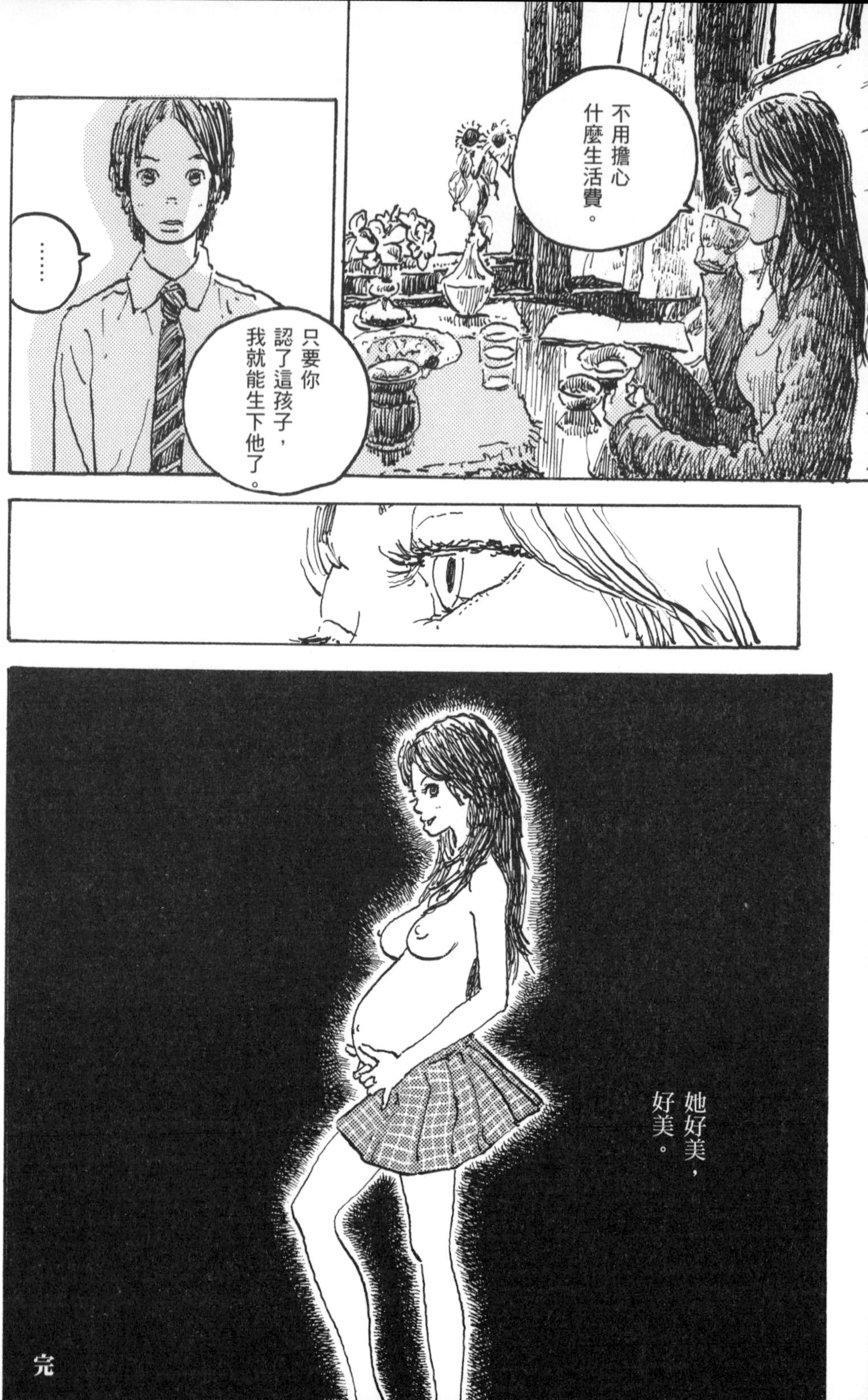
不用擔心
什麼生活費。
只要你
認了這孩子，
我就能生下他了。
……
她好美，
好美。
完

(UMWELT)

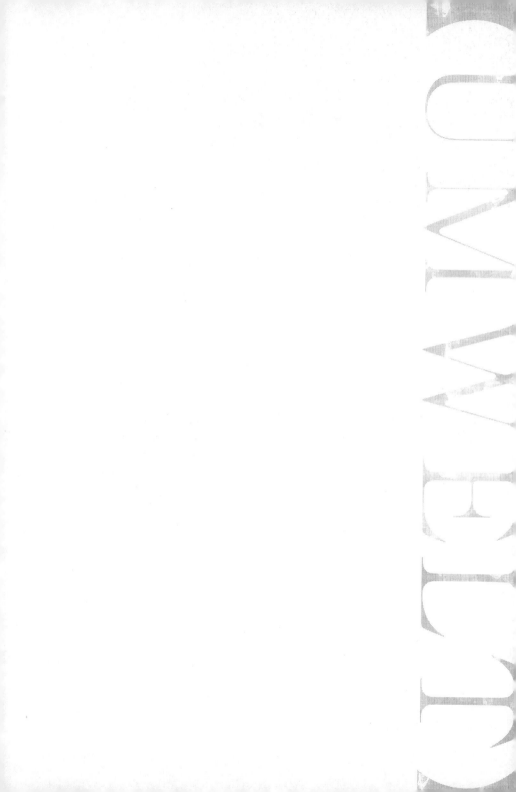

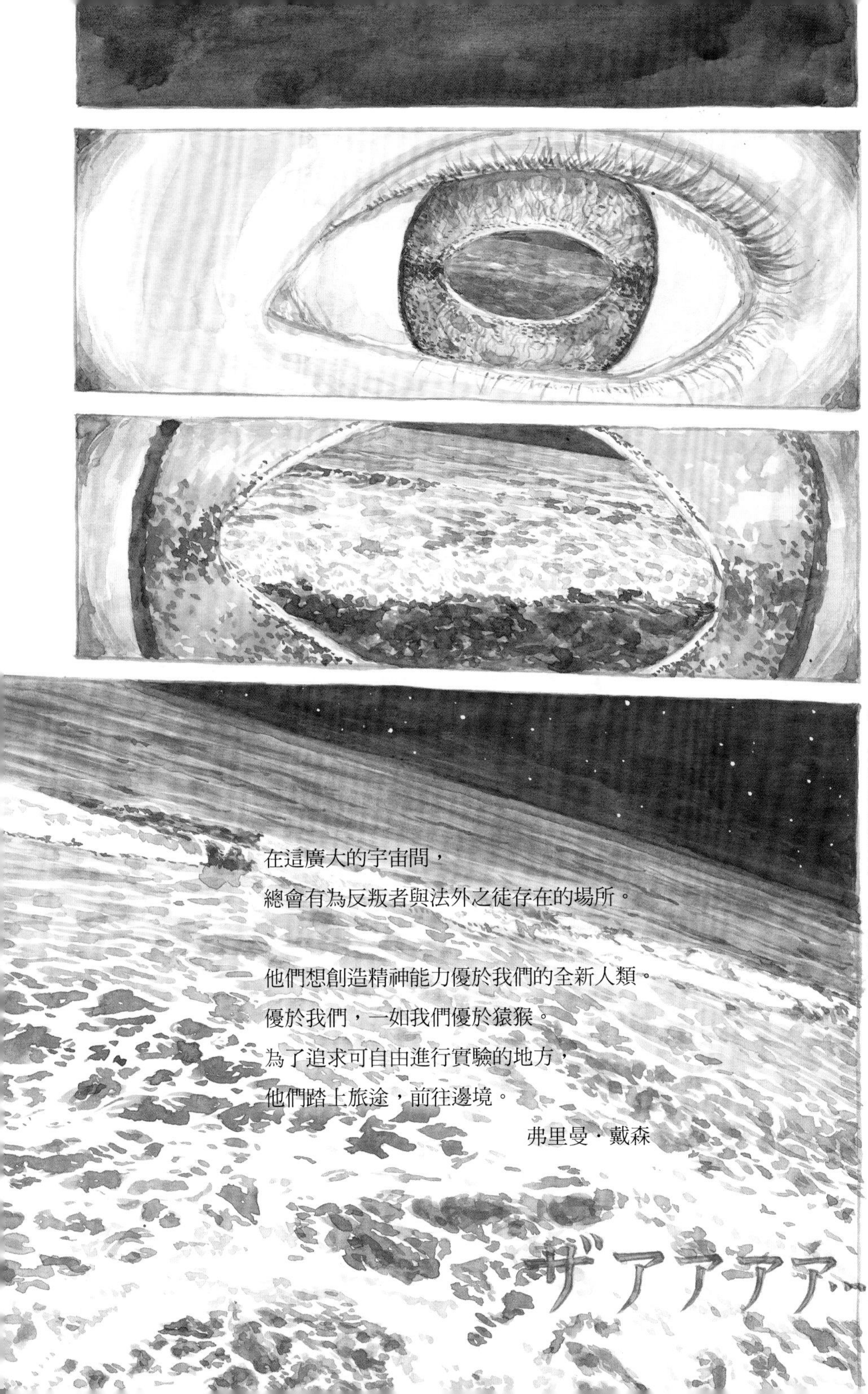
在這廣大的宇宙間，
總會有為反叛者與法外之徒存在的場所。
他們想創造精神能力優於我們的全新人類。
優於我們，一如我們優於猿猴。
為了追求可自由進行實驗的地方，
他們踏上旅途，前往邊境。
弗里曼・戴森
ザアアアア…

摘自《太空船與獨木舟》。肯尼斯・布勞爾著，譯自芹澤高志的日文譯文。

（沙沙——）

環世界

山門化學株式会社
生物研究所
BIOLOGICAL LABORATORY
BIOLOGICAL LABOR
A member of the SANMON company

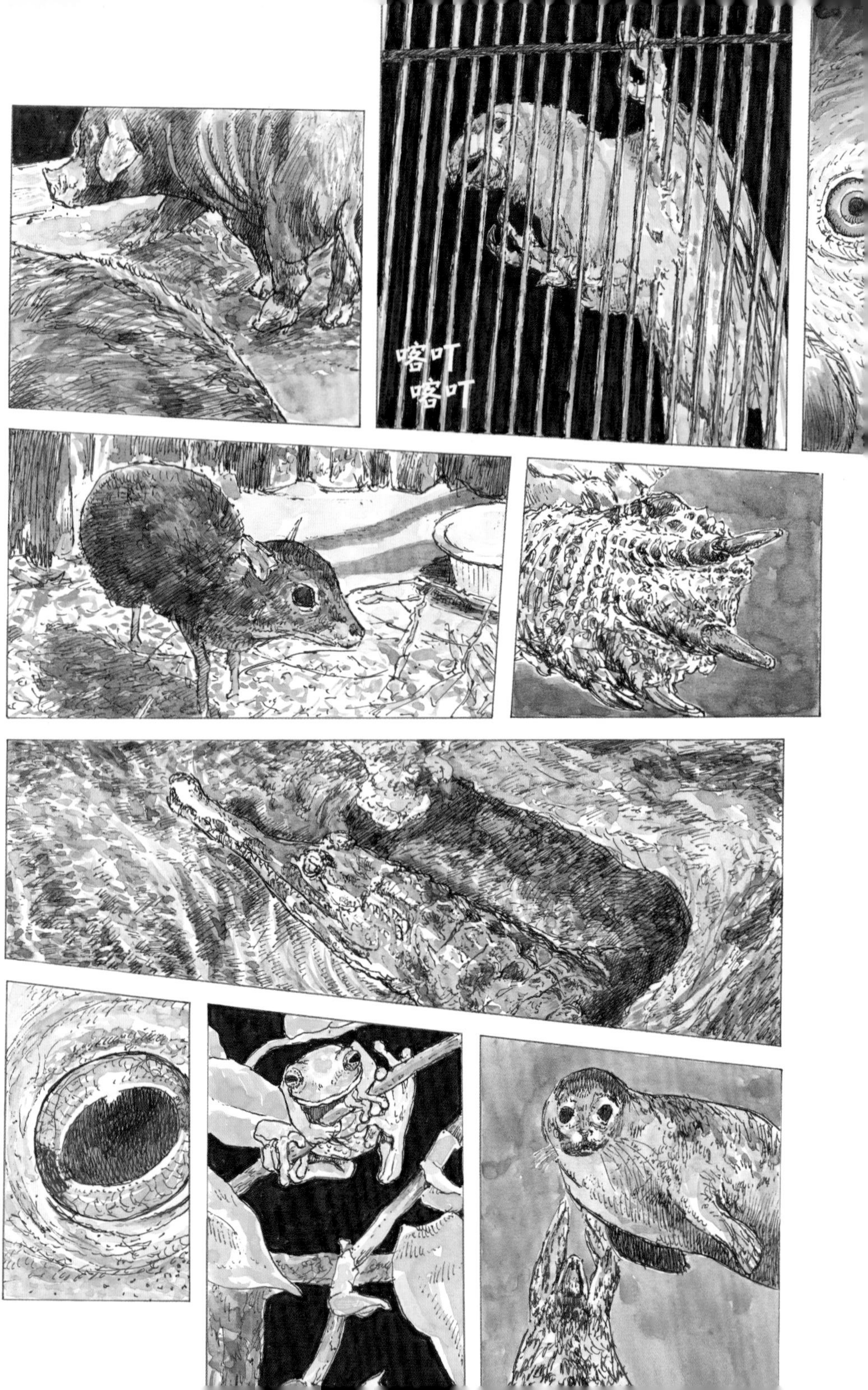
喀叮
喀叮

（唰啦）

バシャン
バシャン
バシャン
バシャン
（啪唰 啪唰 啪唰 啪唰 啪唰）
ドブン
ザブン
（嘩啦 噗通）
チリ
チリ
チリ
（茲 茲 茲）
ジ
ビイイイ
ビ
（劈啪）
（叭——）
（茲）

砰
隆隆隆
隆隆隆
哩
（嗡喀吱喀吱）
變身!!
我們要拯救改造人!!
（鐺鐺鐺）
（鐺鐺鐺）
紅戰士!
（嗚嗚嗚）
……
（茲茲 劈哩）
啪唰
啪唰
啪唰

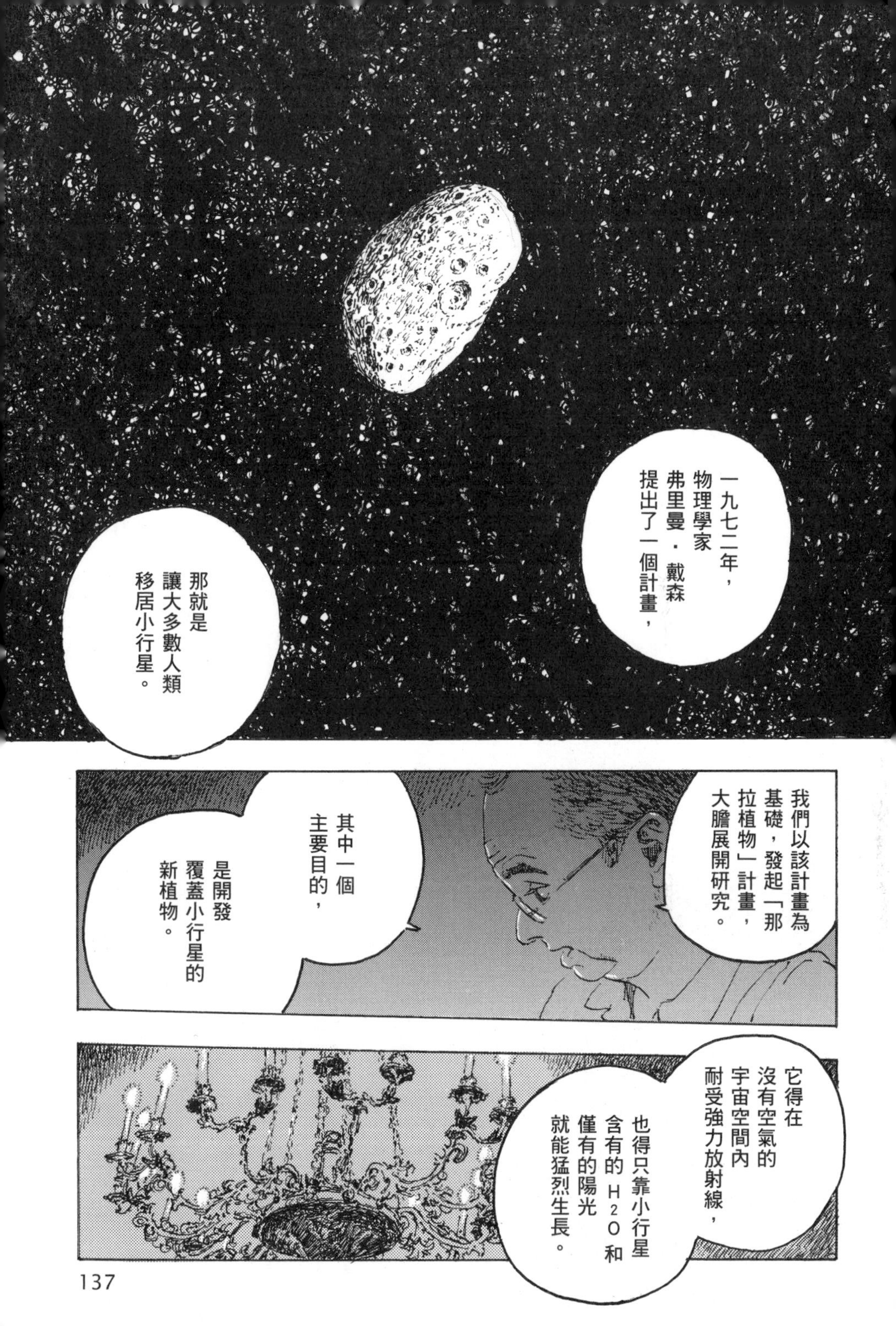
一九七二年，物理學家弗里曼・戴森提出了一個計畫，
那就是讓大多數人類移居小行星。
我們以該計畫為基礎，發起「那拉植物」計畫，大膽展開研究。
其中一個主要目的，是開發覆蓋小行星的新植物。
它得在沒有空氣的宇宙空間內耐受強力放射線，
也得只靠小行星含有的H_2O和僅有的陽光就能猛烈生長。

它還得在
弱重力下成長到
宿主天體的
一千倍大，
並將光合作用
生成的氧氣，
送到位於
植物根部的
人類殖民地。

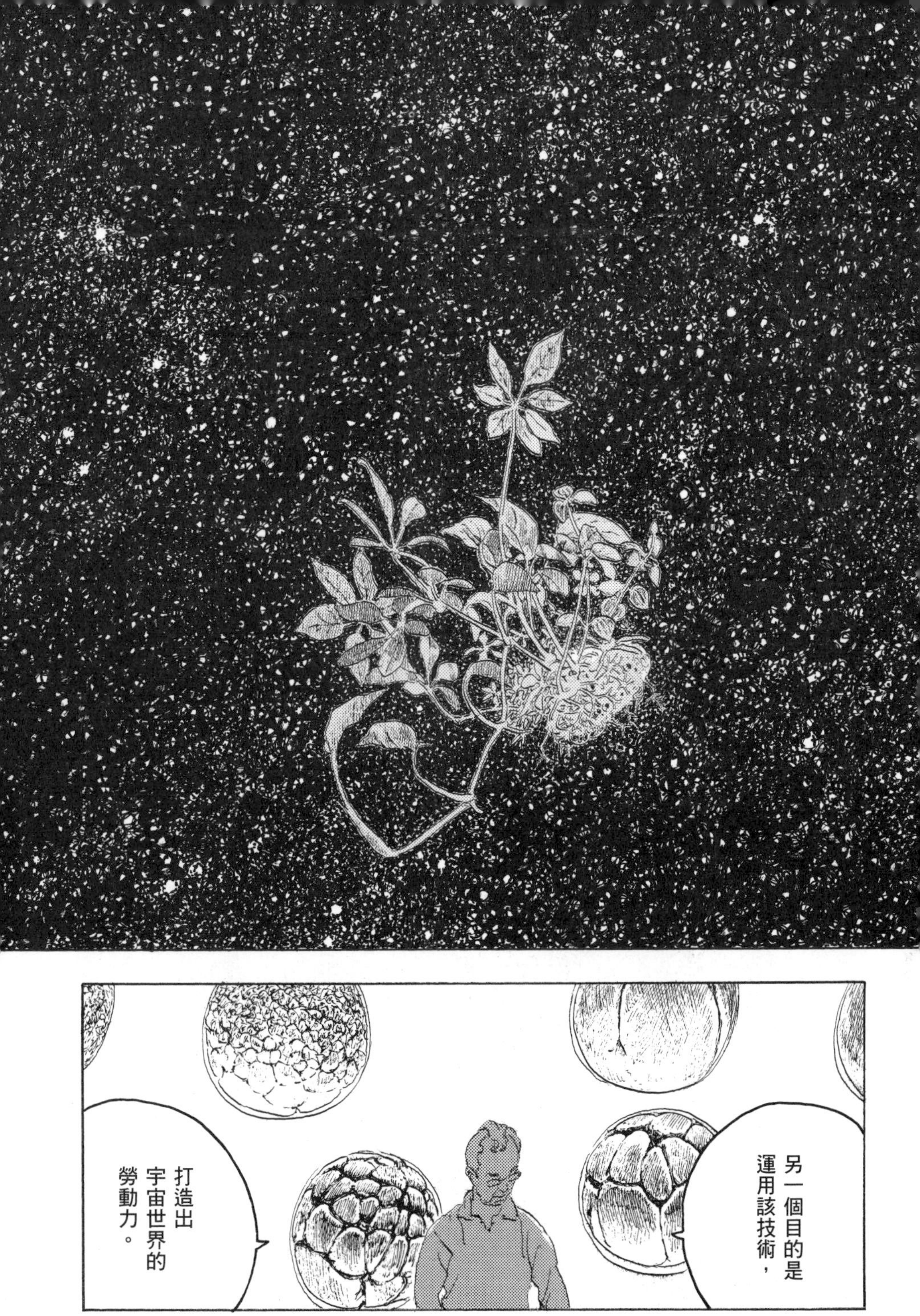
另一個目的是運用該技術，
打造出宇宙世界的勞動力。

本研究所的奧田教授及其團隊，
在該領域具備的技術力壓倒性地高過其他研究機關……
那「技術」到底值不值得信任，
對我們來說是個問題。
用新技術創造出的實驗動物，真的會具備你們說的能力嗎？
那是瀆神啊。
我們收到的報告對此表達強烈懷疑……
那醜陋的生物到底是什麼啊！
別的先不提，最關鍵的……
奧田跑哪去了？
似乎沒看到他呀。
這個嘛，好像下落不明……

奧田嗎？是不是溜啦！
不，溜走的是「醜陋的生物」。
我剛剛收到捕捉小隊出動的通知了。

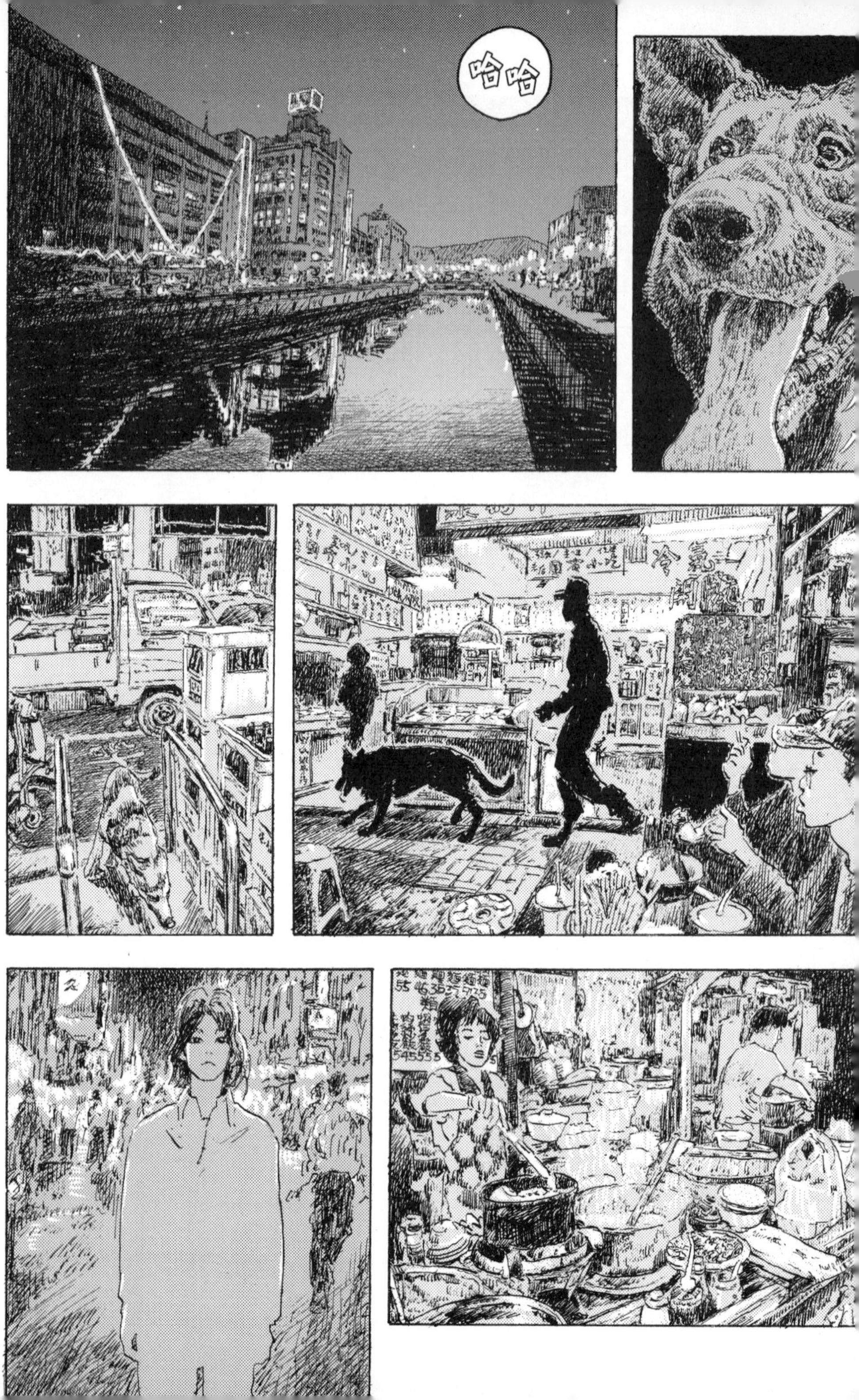
哈哈

喏，去追吧。
我來晚了。
隊長。
狀況如何？
跟丟了。
看來對方果然採取了迴避行動。
……
跟我們想的不一樣呢。
是啊，根據資料……
抵著喉嚨的那個，
是電子喉嗎？

你是？
逃跑的實驗動物的父親……
算是吧。
是喔……
你就是「奧田」嗎。
好啦，我剛剛在問那個。
對，是人工喉頭。
我因為喉頭癌切除了聲帶，
沒有這個就無法說話了。
可以碰碰看嗎？
奧田先生，我手上的資料說，
逃亡中的實驗動物智能很低，

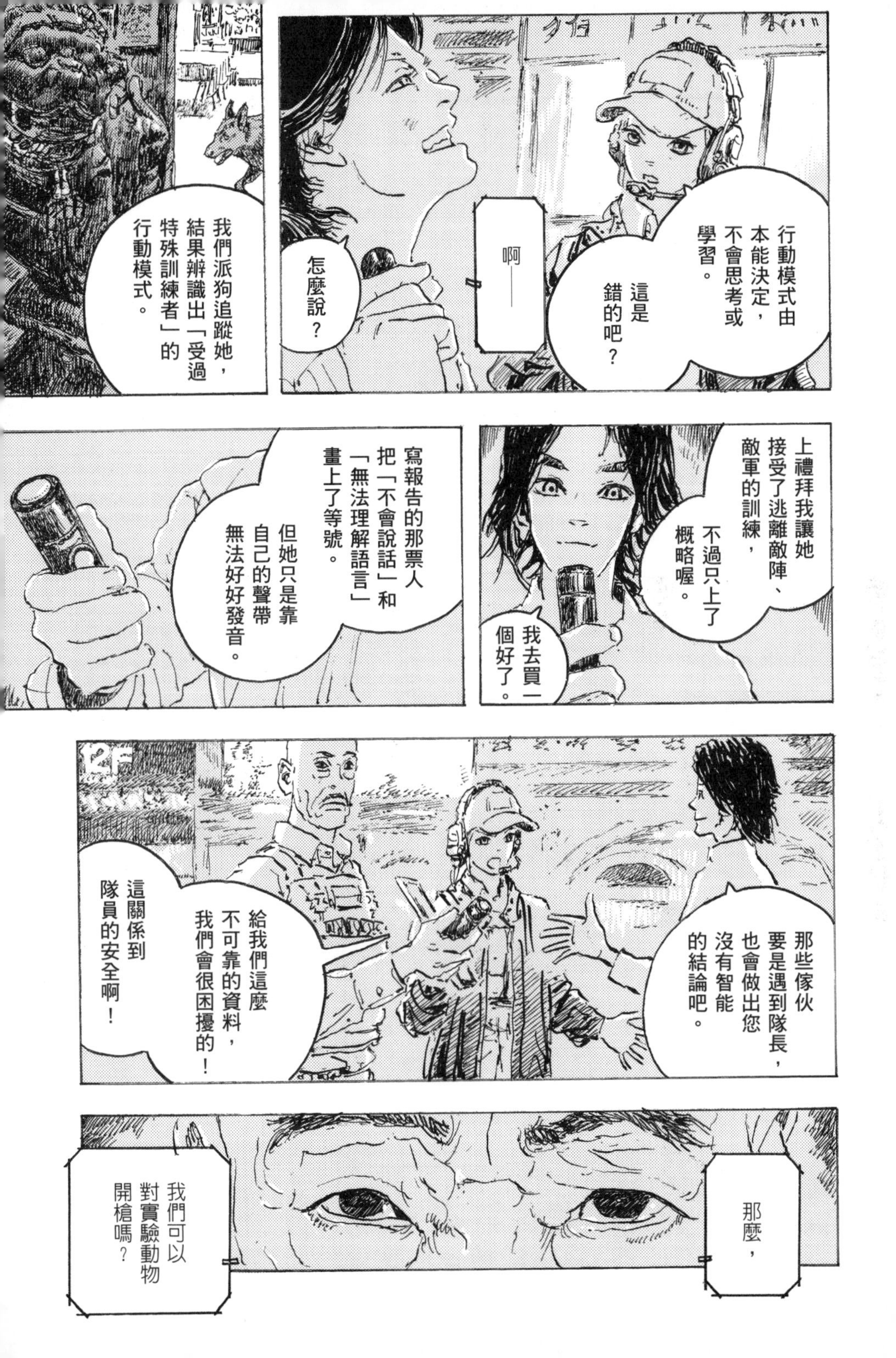

行動模式由本能決定，不會思考或學習。
這是錯的吧？
啊——
怎麼說？
我們派狗追蹤她，結果辨識出「受過特殊訓練者」的行動模式。
上禮拜我讓她接受了逃離敵陣、敵軍的訓練，
不過只上了概略喔。
我去買一個好了。
寫報告的那票人把「不會說話」和「無法理解語言」畫上了等號。
但她只是靠自己的聲帶無法好好發音。
那些傢伙要是遇到隊長，也會做出您沒有智能的結論吧。
給我們這麼不可靠的資料，我們會很困擾的！
這關係到隊員的安全啊！
那麼，
我們可以對實驗動物開槍嗎？

聽說她從警衛那裡搶走了槍……
手腳不太乾淨呢。
所以呢？
她沒碰過真槍，但我們讓她看過用槍教學影片。
我們想讓她接受認知能力測驗……
如果她看了影片就會用槍，代表能力相當強，跟人類不相上下。
你似乎很引以為傲呢。
為什麼偏偏選槍呢？
因為我覺得這對她有好處。
不過……
是誤判了吧？

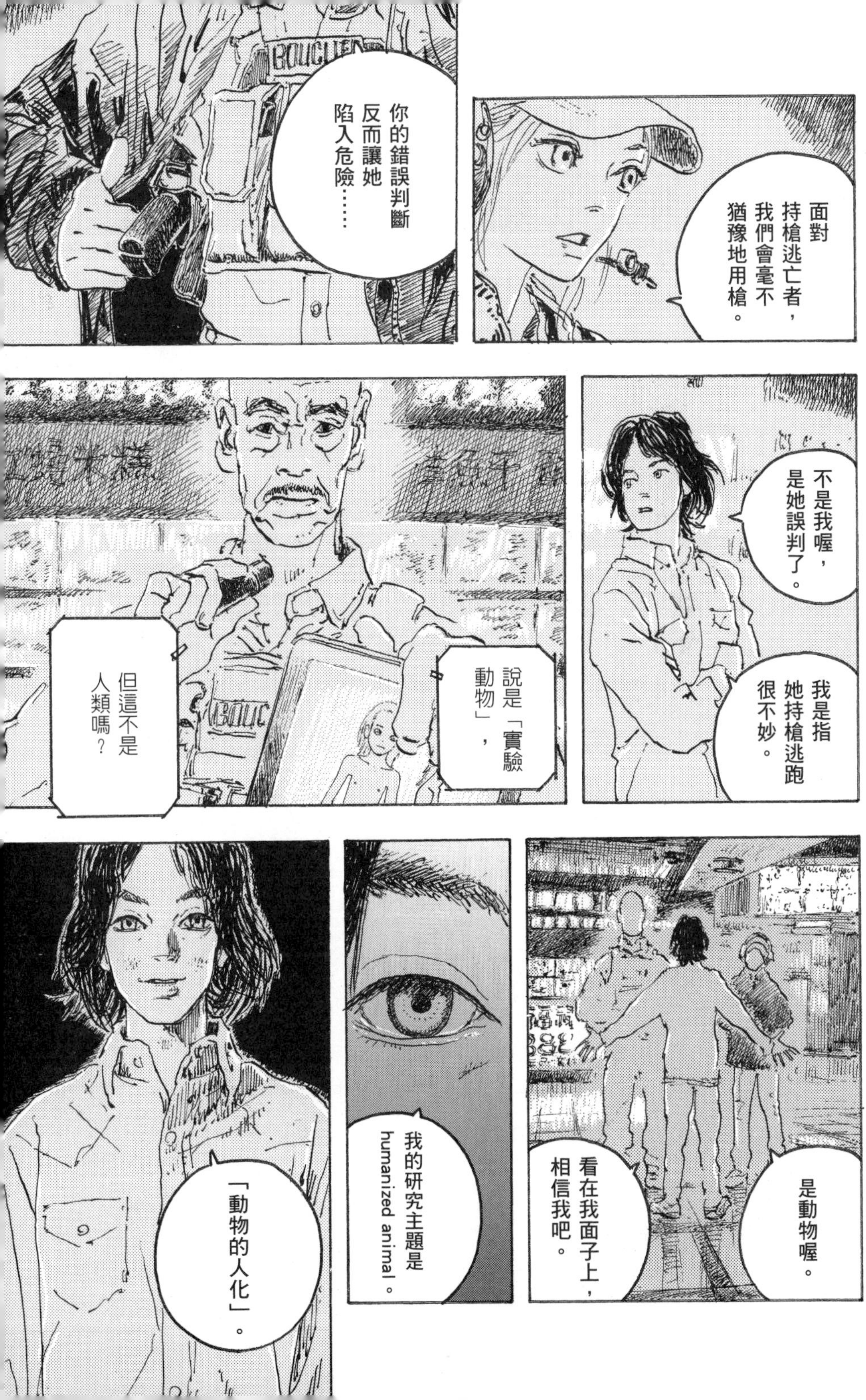

面對持槍逃亡者，我們會毫不猶豫地用槍。
你的錯誤判斷反而讓她陷入危險……
不是我喔，是她誤判了。
我是指她持槍逃跑很不妙。
說是「實驗動物」，
但這不是人類嗎？
是動物喔。
看在我面子上，相信我吧。
我的研究主題是humanized animal。
「動物的人化」。

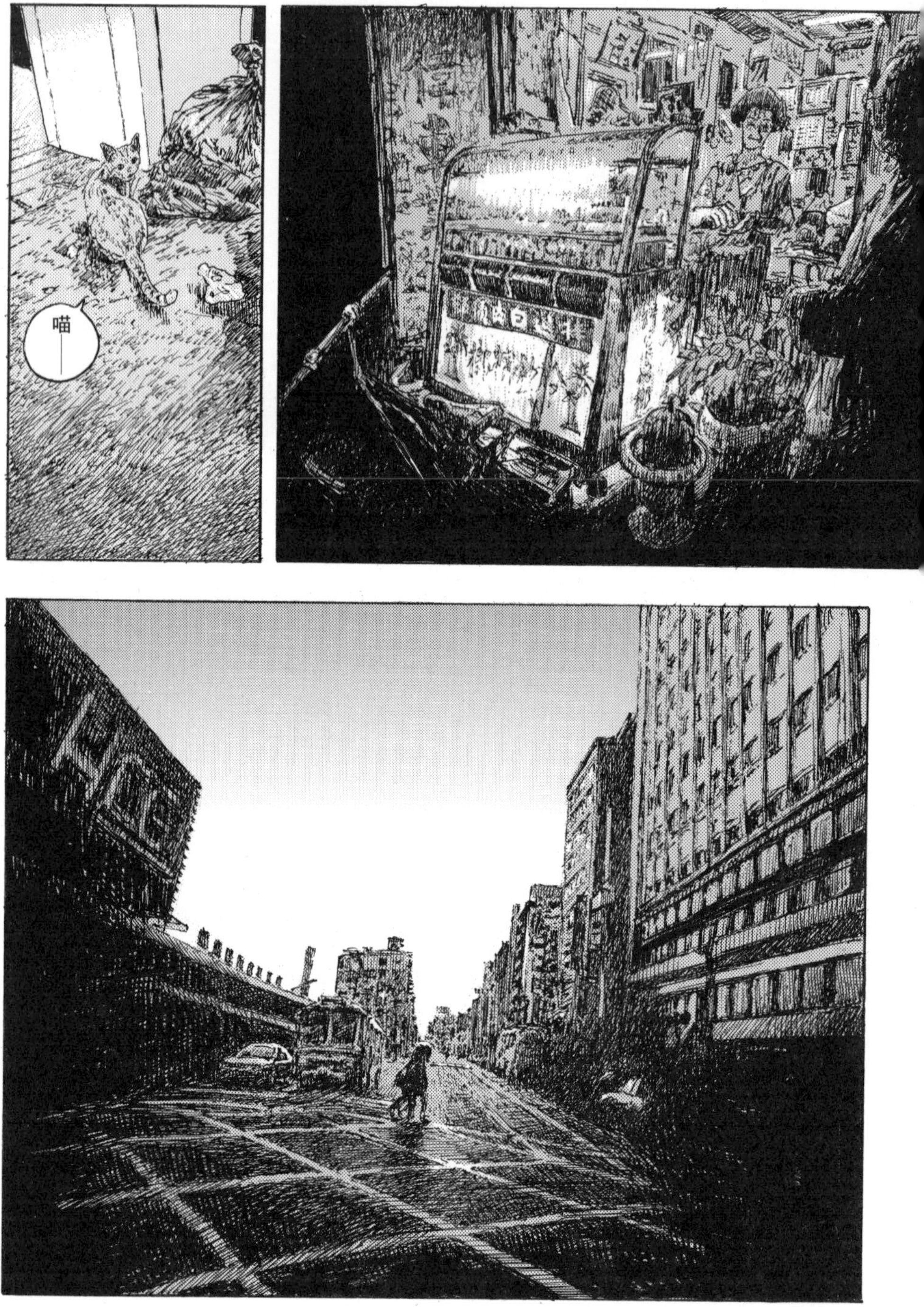
喵——

ブン
（嗡）
ブウウウウ
（嗡——）
?
ブウン…
（嗡）

ガサッ
（喀沙）
噠
噠
巴
噠
噠
巴
巴
噠
噠

巴嗟
嗟嗟
小真——？
小真——
小真——！
不行喔。
不可以一個人跑掉！
嗟——
你看，全身髒兮兮的……

巴
噠
巴
噠
噠
……
噗
妳等一下。

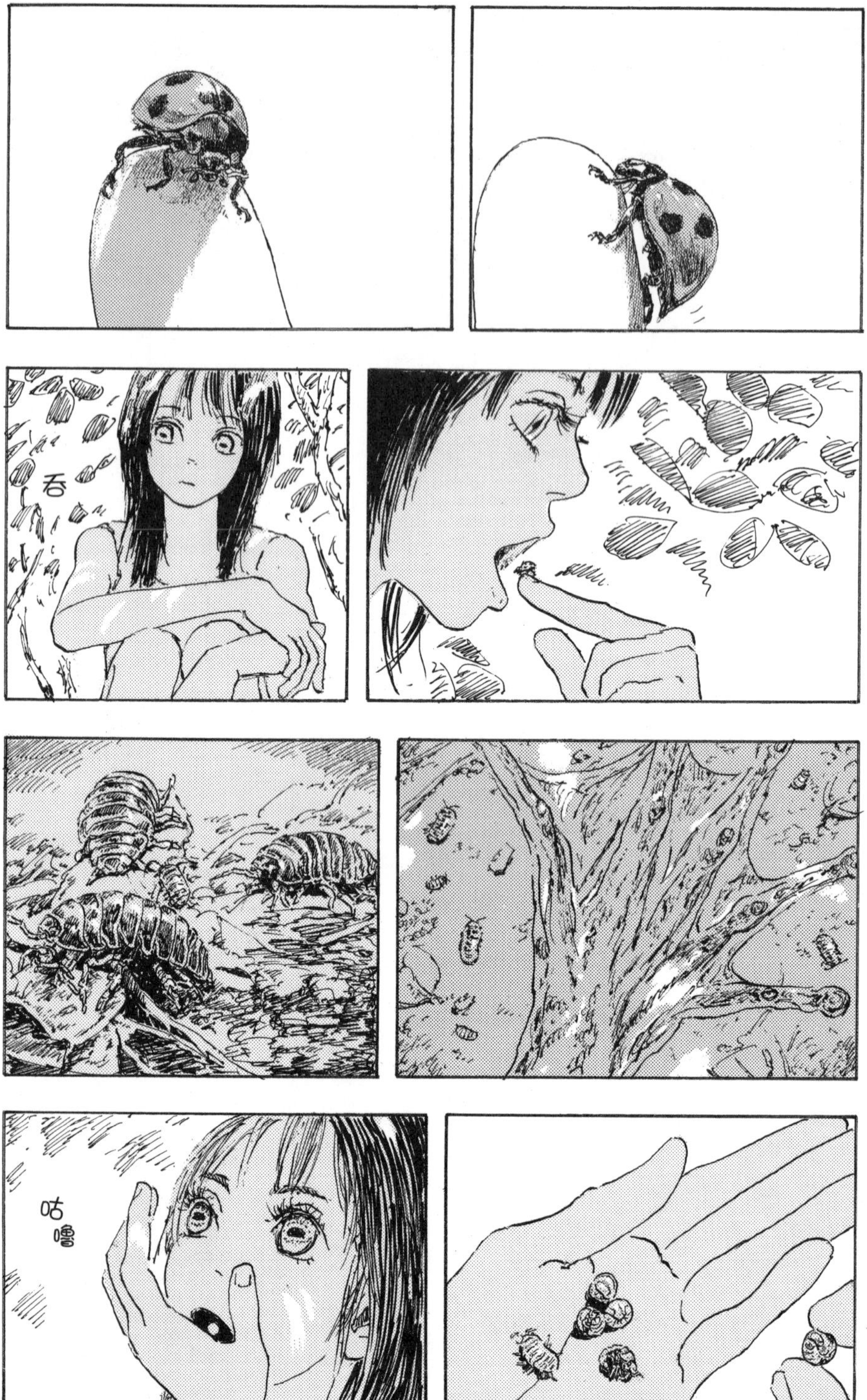
吞
咕嚕

我拿衣服來了。
妳那樣太顯眼囉。
妳是逃過來的吧？
一定是被壞人改造的吧？
妳叫什麼名字？我是唯。
……妳不能講話嗎？
我原本想拿食物過來，不過松下在廚房。
我會再來看妳的。妳一個人能穿衣服嗎？
……聽好囉，有人給妳東西時，妳要說「謝謝」喔。

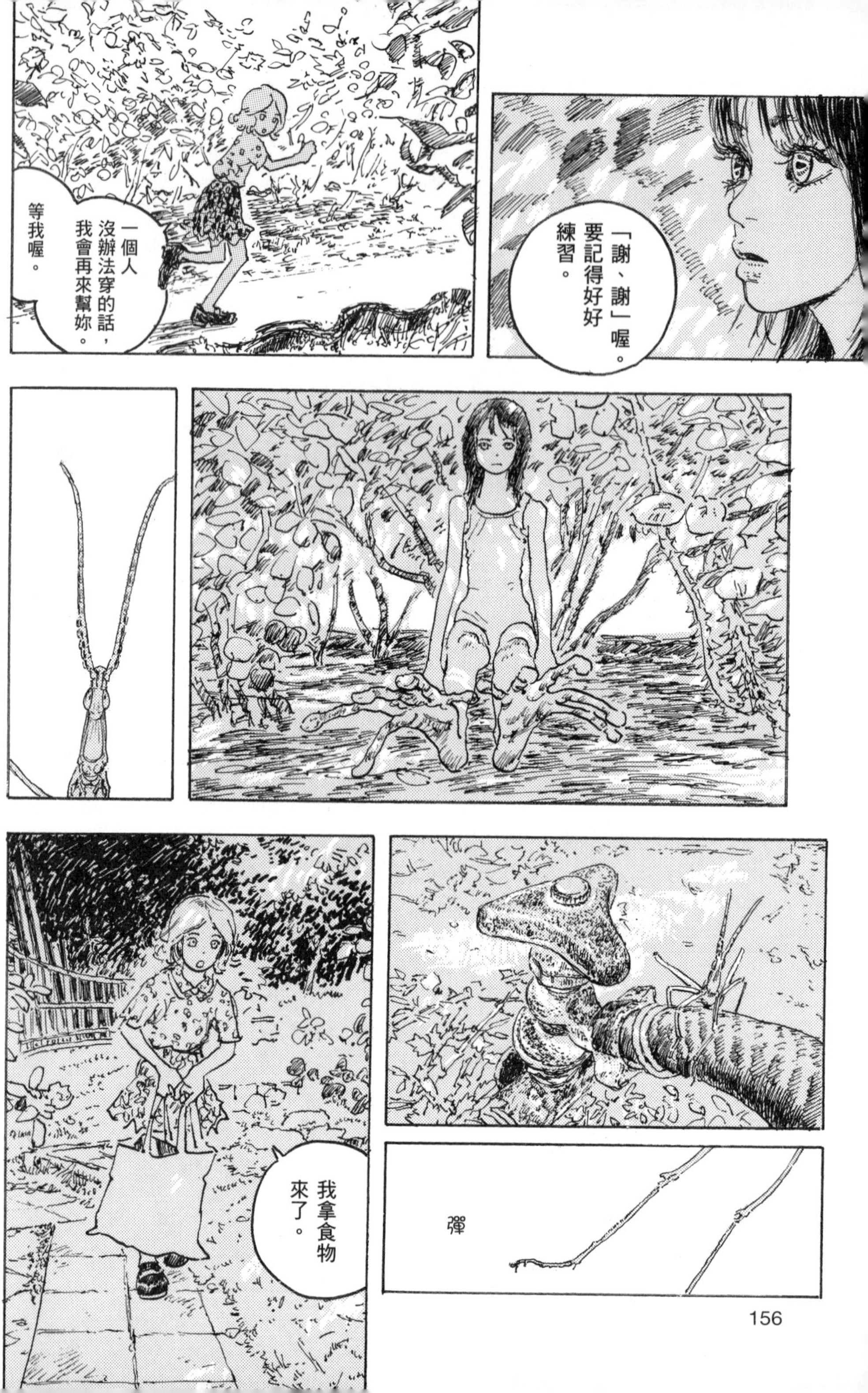
「謝、謝」喔。要記得好好練習。
一個人沒辦法穿的話，我會再來幫妳。等我喔。
彈
我拿食物來了。

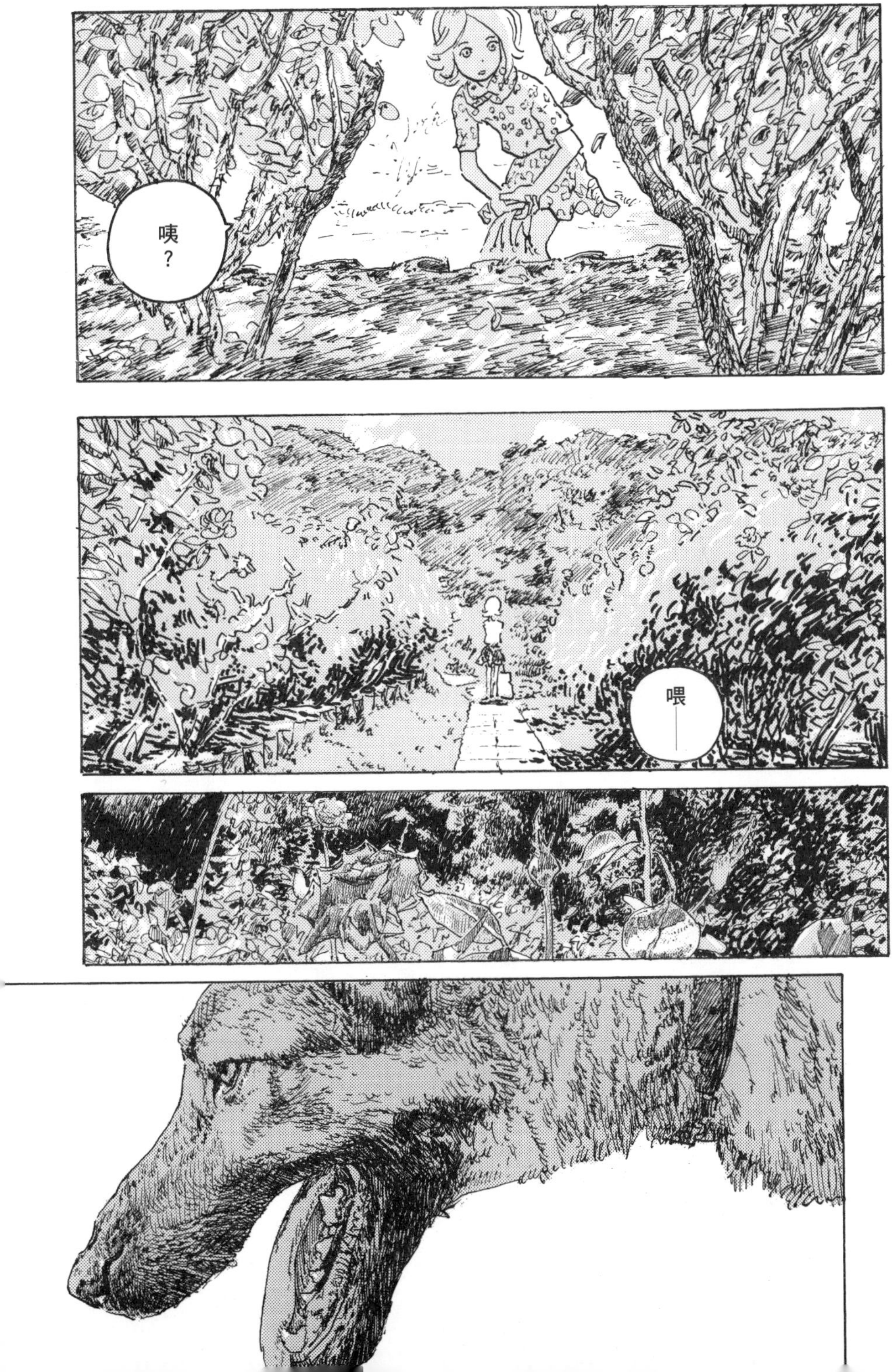
咦？
喂——

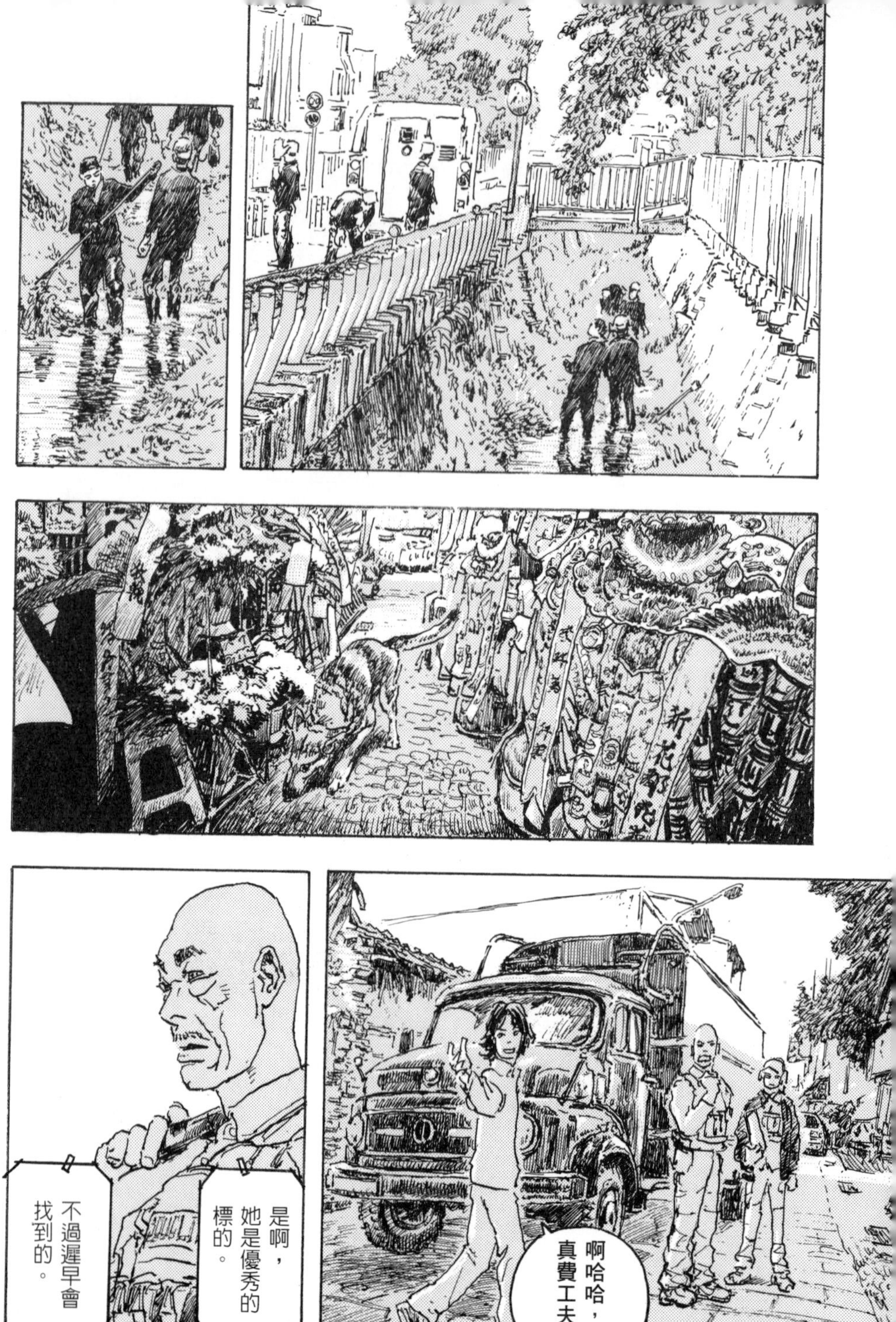
啊哈哈，真費工夫呢。
是啊，她是優秀的標的。
不過遲早會找到的。

畢竟追蹤方知道逃離訓練的內容。
真不公平啊。
你是希望我們抓到她，
還是希望她逃掉？
你在這裡是為了什麼？
那我給個建議……
……
她的皮膚感覺很敏銳，非常敏銳喔。
因為她擁有青蛙的肌膚。
雨蛙有能力察知氣壓或溫度的些微變化。
同樣地，牠們也能感覺到人類或動物的氣息——察覺得到「我要抓住妳」這種情感。
情感……也能嗎？
狗也是吧。

人類若對狗抱持恐懼，狗會感覺得出來。
情感能引起生理學上的變化。
些微的出汗或腦分泌的化學物質，
都會被狗嗅聞出來。
狗所見、所感的世界和人類眼中的世界應該是完全不同的。
狗的嗅覺細胞能感知到的氣味比人類多，段數差得可遠了——跟嗅覺細胞有關的基因本身就很多。
狗連時間都聞得到，能藉由氣味的劣化正確判斷時間的流逝。

硬是把狗認知到的世界轉換成人類眼中的模樣的話，應該是這樣子的……
在腦袋當中以超高速重播某處的影像，
而且是連拍好幾天的畫面。這也許就是牠們的資訊體驗。
幾小時前有腳踏車通過。
腳踏車走哪條路來的？輪胎劣化程度如何？
這些資訊也包含在裡頭。
在那十分鐘後，五歲男童在這裡跌倒，手磨破皮，痛哭失聲。
血與淚、恐懼與悲傷、還有憤怒的化學物質。
那孩子當天吃的食物，衣服的質料。
祖母衝過去抱起他。
內臟疾患、白內障。
她當天吃的食物，衣服的質料，染髮用的藥劑。
散步經過的狗。犬種、年齡、性別。
項圈的材質，當天吃的食物。
與飼主的關係……

那就是狗的「環世界」。
umwelt
白鷺鷥有白鷺鷥的，
蝴蝶有蝴蝶的…
環世界。
所有的生物，
都活在各自獨有的環世界中。

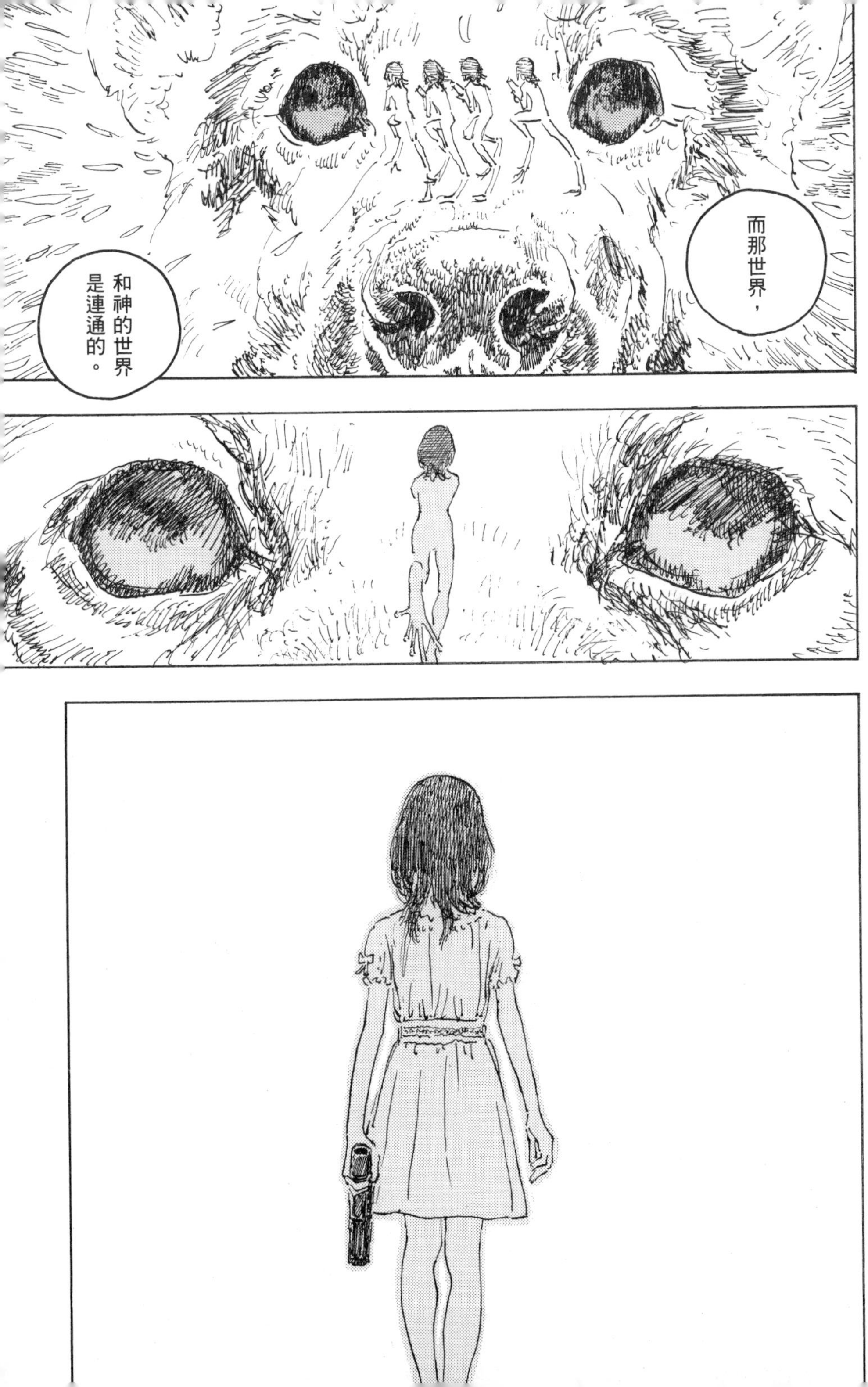
而那世界，
和神的世界是連通的。

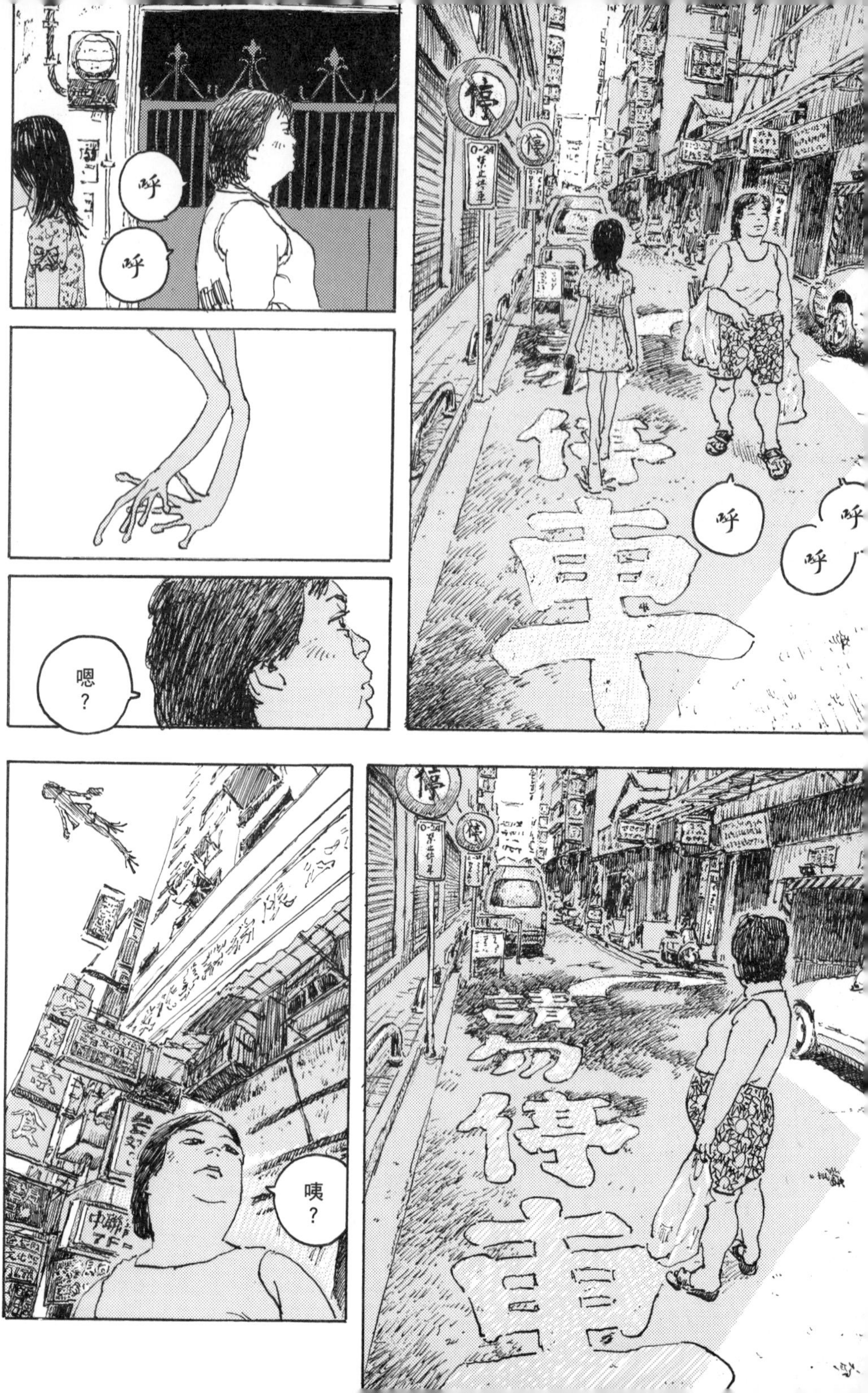
呼
呼
呼
呼
呼
停車
嗯？
請勿停車
咦？

黑貓
2F
喀洽

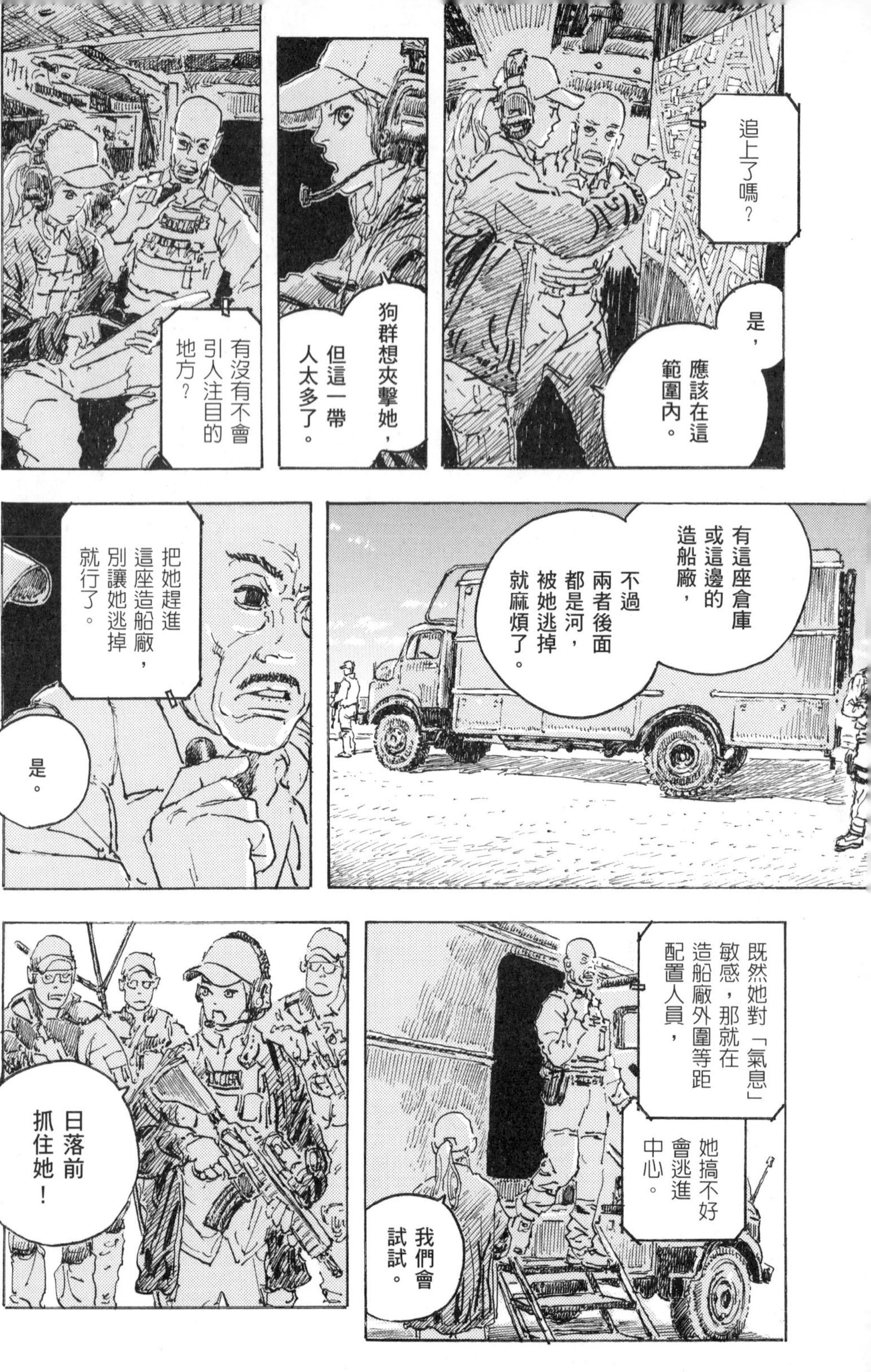
追上了嗎？
是，應該在這範圍內。
狗群想夾擊她，但這一帶人太多了。
有沒有不會引人注目的地方？
有這座倉庫或這邊的造船廠，
不過兩者後面都是河，被她逃掉就麻煩了。
把她趕進這座造船廠，別讓她逃掉就行了。
是。
既然她對「氣息」敏感，那就在造船廠外圍等距配置人員，
她搞不好會逃進中心。
我們會試試。
日落前抓住她！

就算在黑暗中，她的戰鬥能力也不會下降喔。
體格像小孩，
但肌力跟人類不同。
天黑前搞定就沒問題。
……貴公司買下我們公司，是什麼時候的事去了。
七年前。
農藥公司就是為了這個才買下民間軍事公司嗎。
還要再過一陣子，我們的基因技術才會成為宇宙開發的招牌。
所以在那之前，我們先將技術應用在軍事領域賺點零用錢。
我們的會長比別人拚命一倍呢。
光是在糧食生產方面執牛耳，他也不會滿意的樣子。

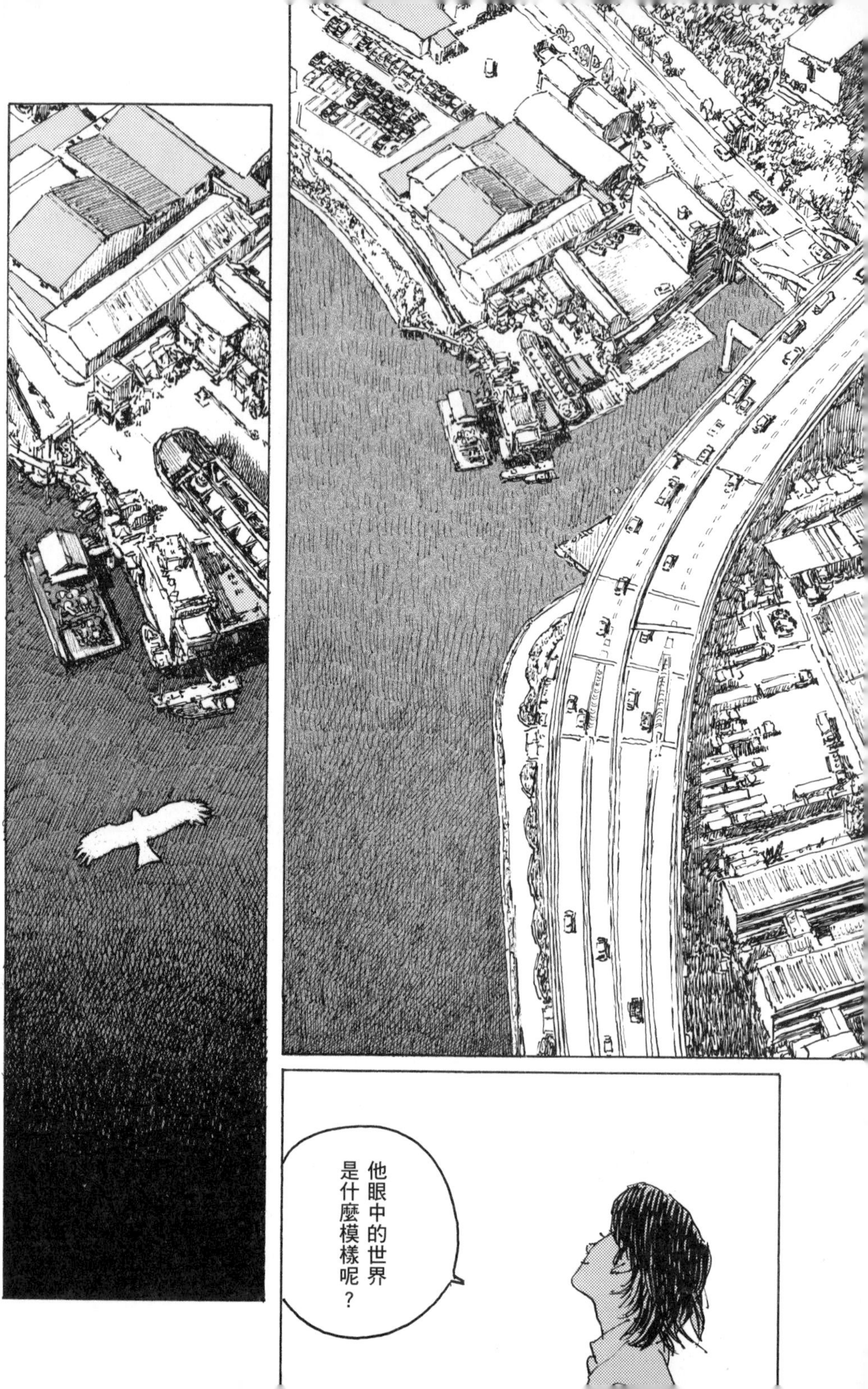
他眼中的世界是什麼模樣呢？

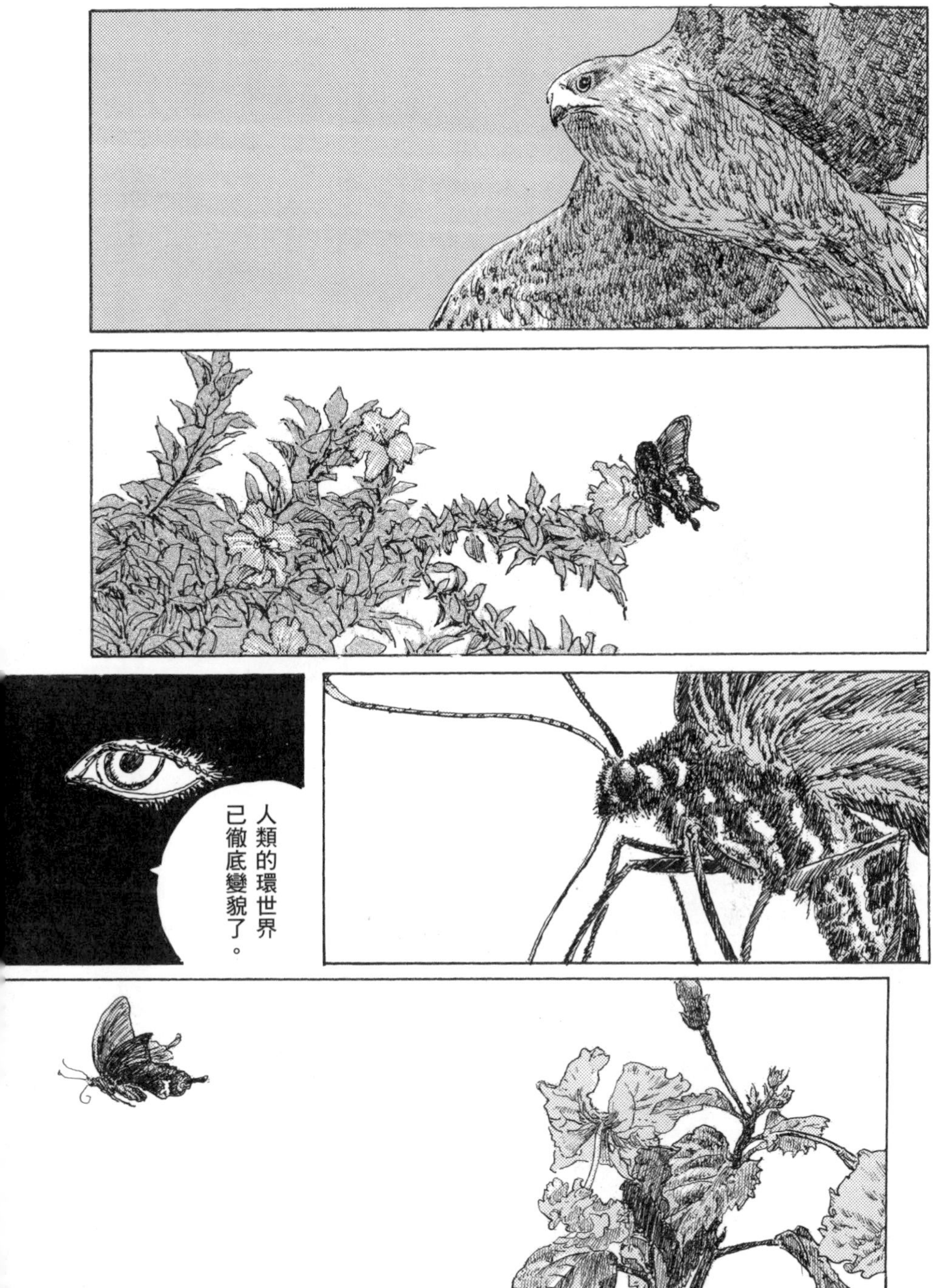
人類的環世界已徹底變貌了。

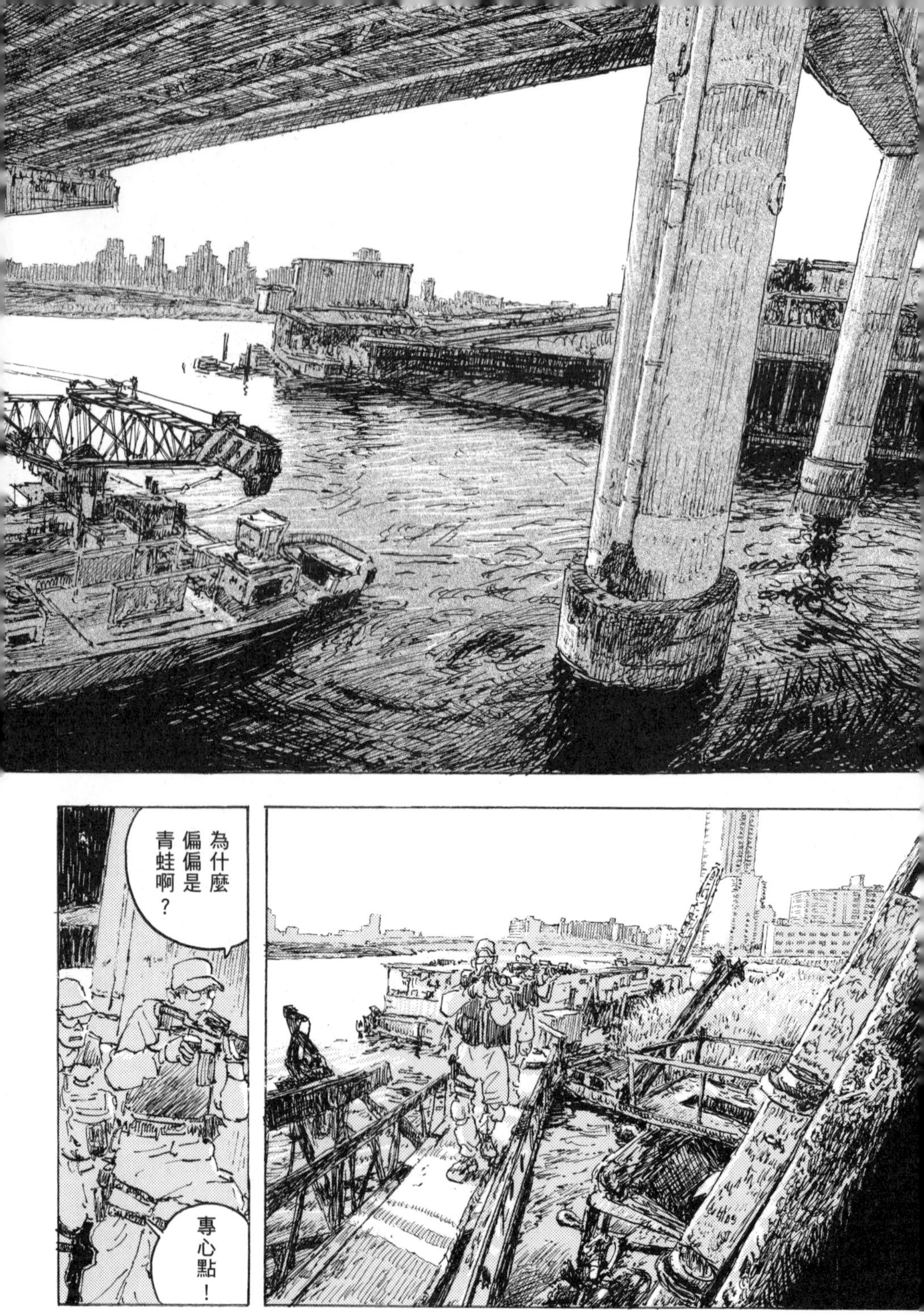
為什麼偏偏是青蛙啊？
專心點！

如果她打算溜進河裡，我們會射殺她。
好。
應該的。
カラン
（匡啷）

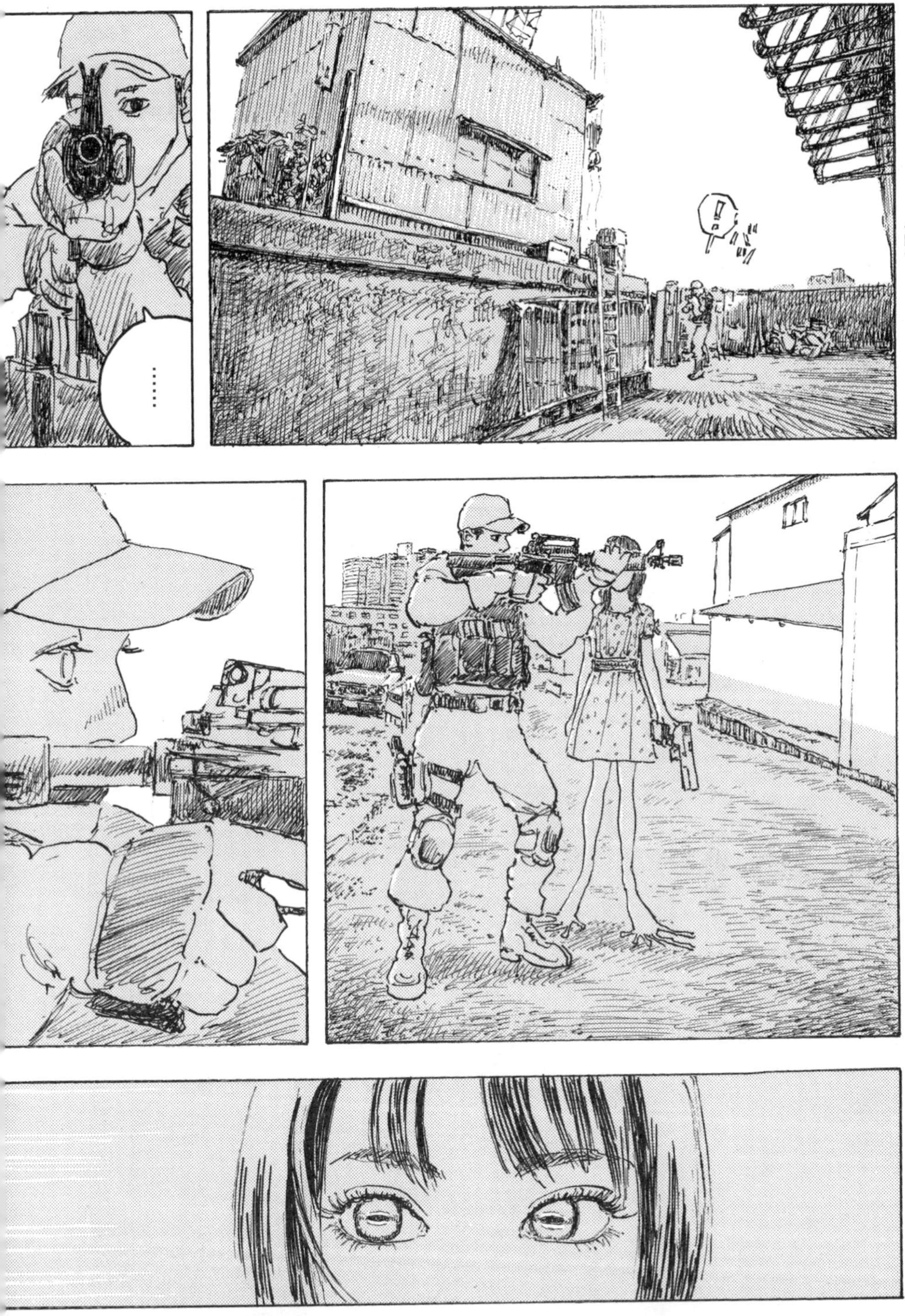
（啪）
!
……

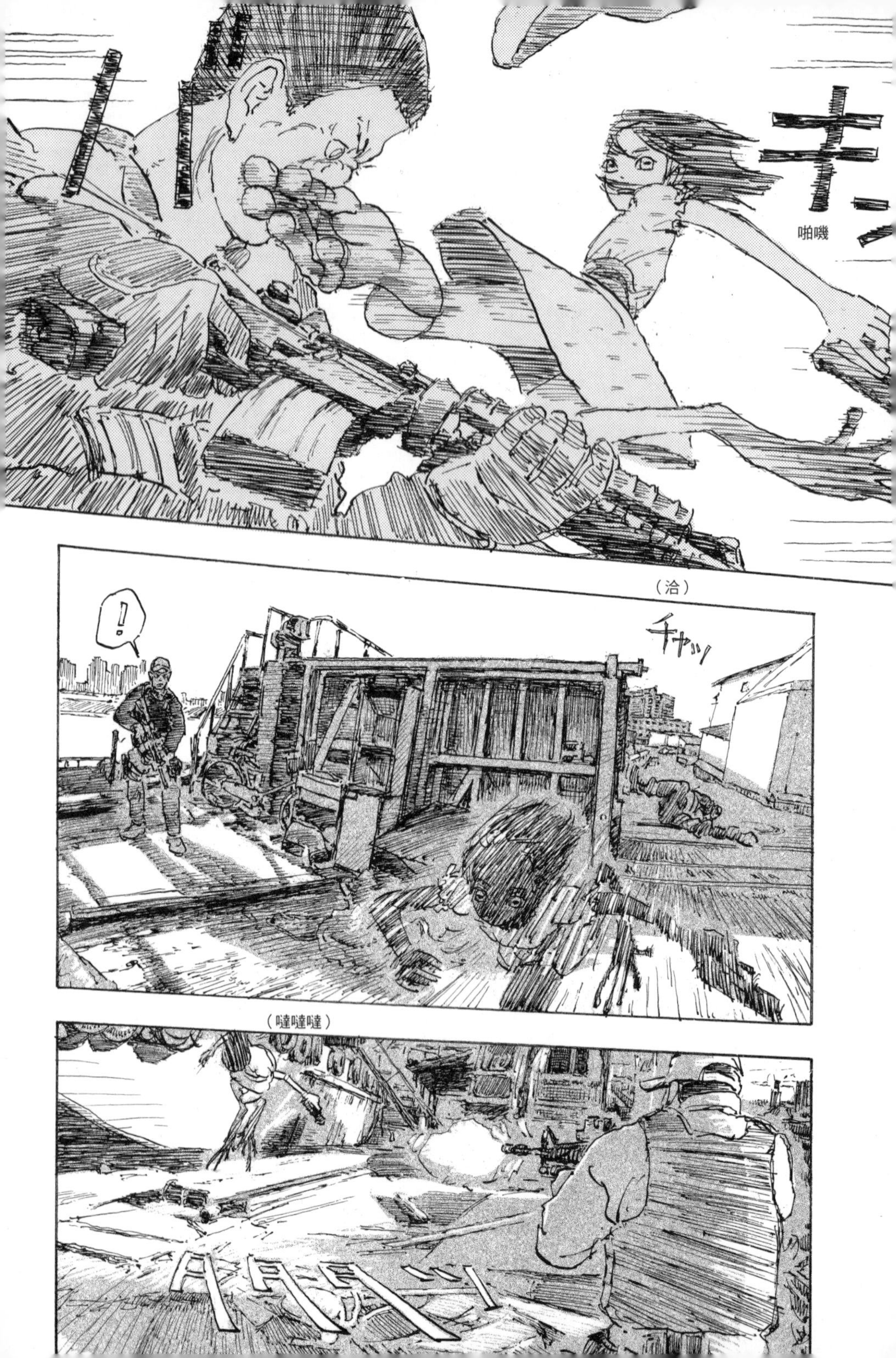
啪嘰
（洽）
チャッ
!
（噠噠噠）

(砰)
!

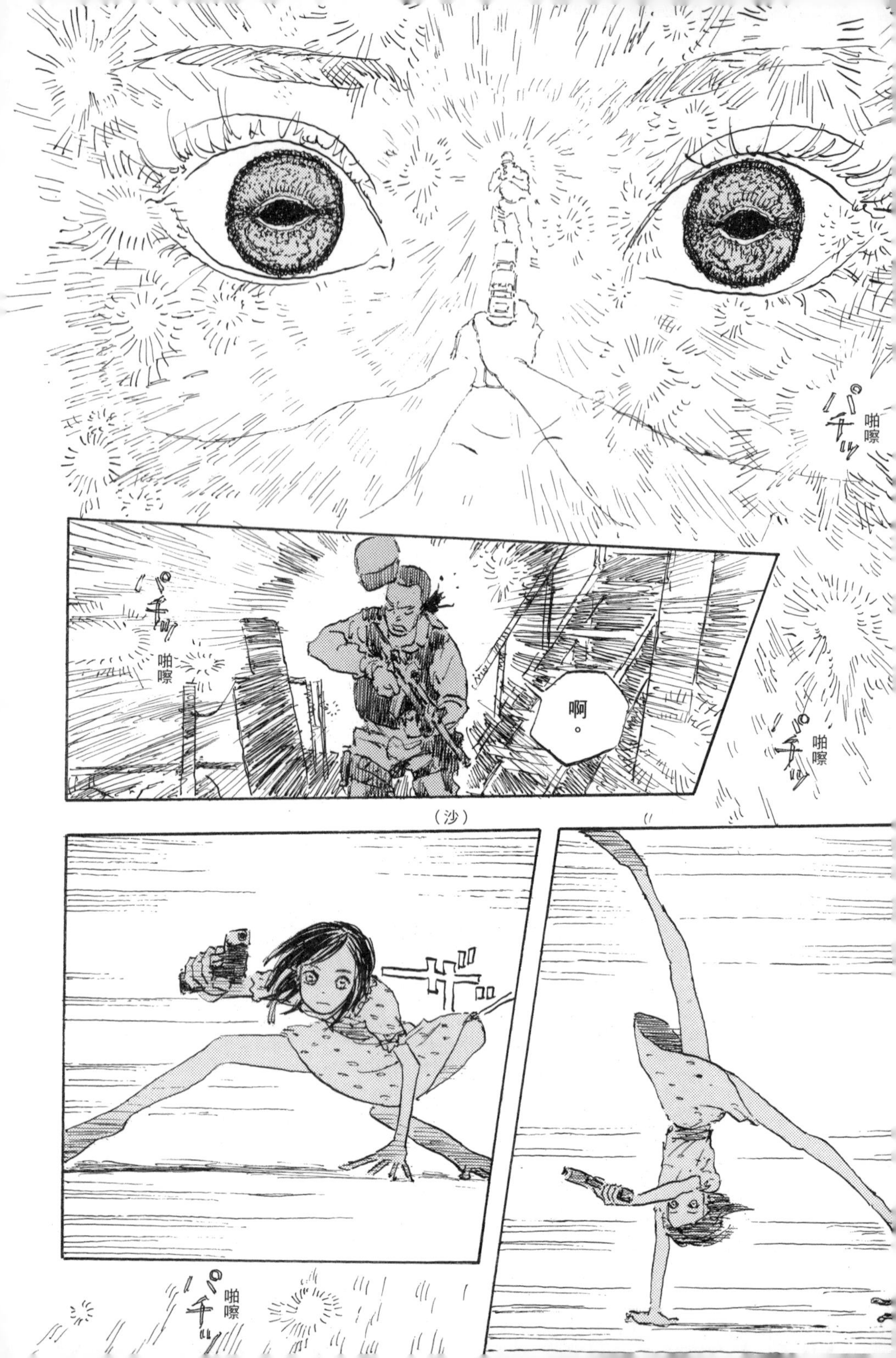
パチッ
啪嚓
パチッ
啪嚓
啊。
パチッ
啪嚓
（沙）
ザッ
パチッ
啪嚓

(啪)
カクン
?
(倒)
停下來了!?
(喀沙喀沙)
!!ッ
(砰砰砰)

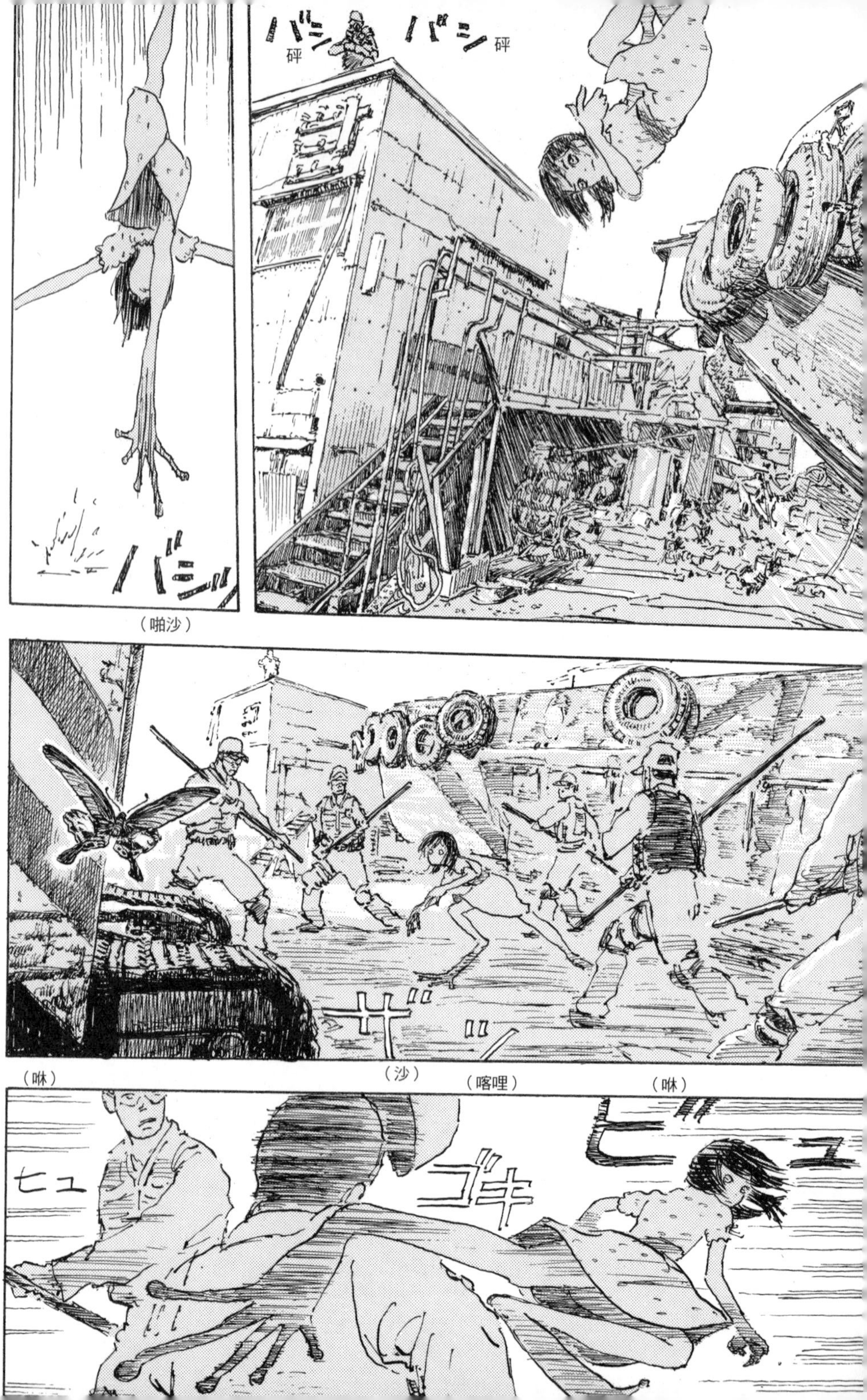

バシ 砰
バシ 砰
バシ
（啪沙）
ザッ
（沙）
（咻）
ヒュー
（咻）
ゴキ
（喀哩）
ヒュ

（咻）
ヒュ～
（叩）
コツン

含

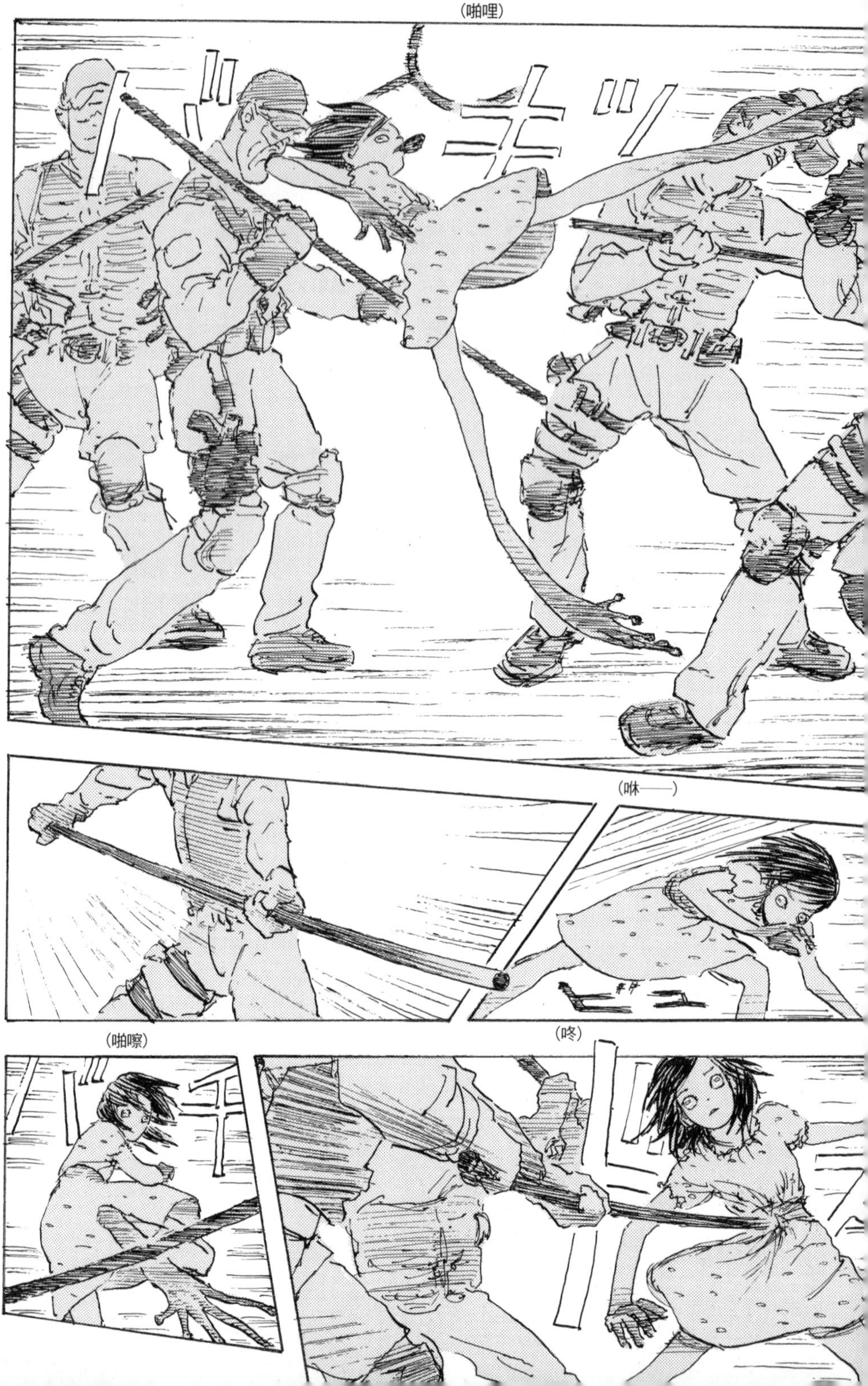
(啪哩)
(咻——)
(啪嚓)
(咚)

（叩）
！
逮住了！

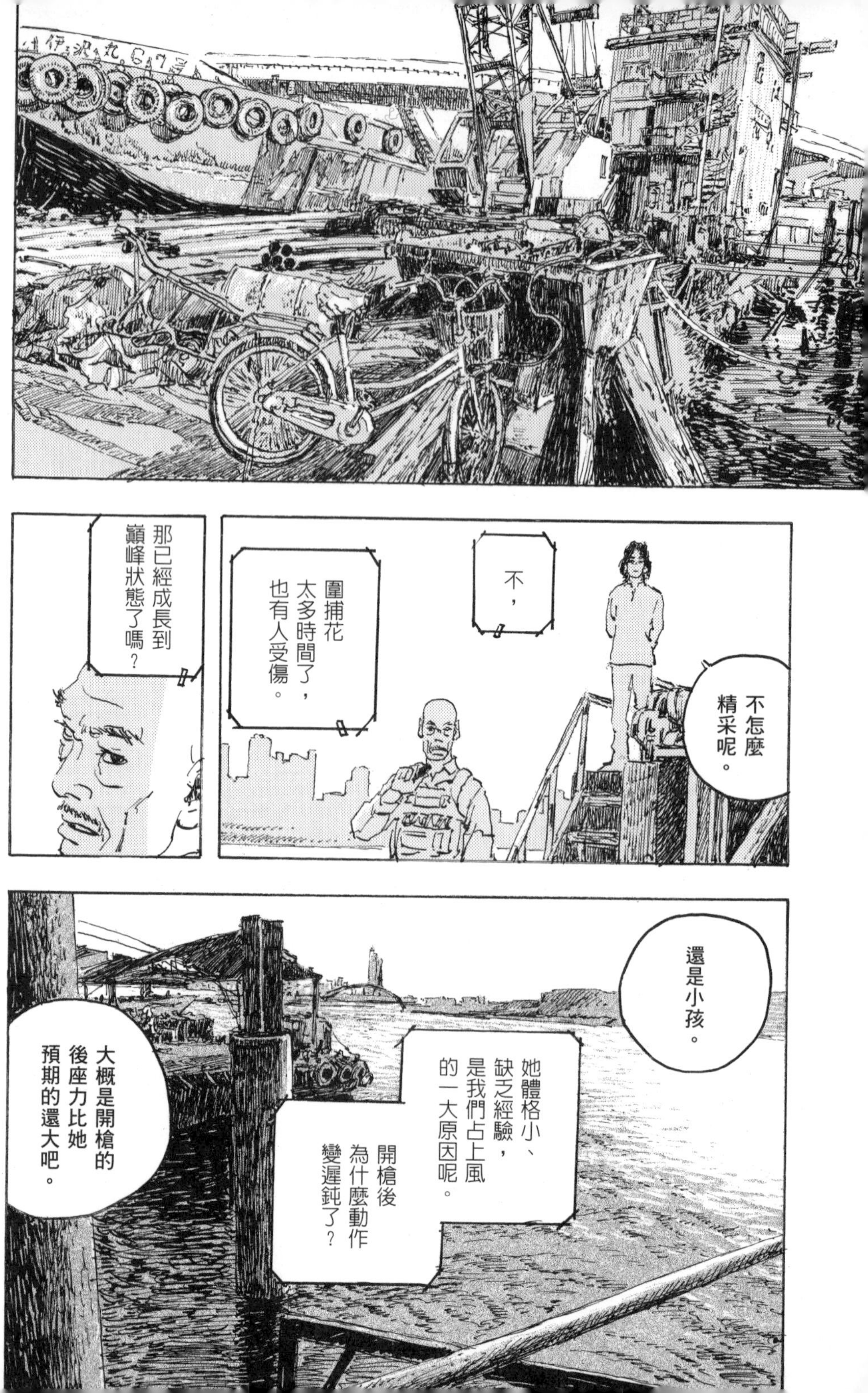
不怎麼精采呢。
不，
圍捕花太多時間了，也有人受傷。
那已經成長到巔峰狀態了嗎？
還是小孩。
她體格小、缺乏經驗，是我們占上風的一大原因呢。
開槍後為什麼動作變遲鈍了？
大概是開槍的後座力比她預期的還大吧。

擁有兩棲類動物的皮膚，等於全身都變成了鼓膜。
她要是不習慣開槍的聲音，就派不上用場了呢。
要是這變數也能控制的話，
她會成為相當優秀的人才。
這個意見真是令人開心呢。
如何？
兩人重傷，沒有生命危險。
奧田先生，她的逃亡路線幾乎等於前往海邊的最短路徑。
你對這點有什麼想法嗎？
海嗎……
可能是聽到波浪聲，
想去看看那是什麼東西發出來的吧。

大海在研究所的三十公里外耶。
我可不是在開玩笑喔。
為何要選青蛙做為宇宙活動用的人化動物呢？
妳聽過青蛙的大合唱嗎？
啊……是，在印尼聽過。
既然體驗過那麼壯大的交響樂，妳應該懂吧。
透過聲音，牠們能夠和世界融為一體。
宇宙空間是真空，無法傳遞聲音，這是一般的說法。
不過能夠傳遞聲音的媒體並不是完全不存在的。
事實上，宇宙間充滿了星際物質。
只不過傳遞的是人類無法感知的聲音罷了。

不過如果是青蛙的話，
牠們的皮膚一定可以接收到宇宙的交響曲，
融入宇宙空間的程度也會遠超過人類吧。
沒想到你是個浪漫主義者呢。
沒有音樂或詩歌方面的品味，是掌握不到真理的。
還好，我的直覺似乎是正確的。
她逃出了研究所。
她具備反叛者與法外之徒的精神。
那是與邊境之旅極為匹配的精神呢。

撤！
逃亡過程中，她有可能與第三者進行了接觸。
也許有計畫走海路逃到國外。
再次調查所有研究員的身家背景，
奧田也要查。
我們搞不好只是在協助他們寫報告而已呢。
也幫我向警察署長打聲招呼，感謝他默許。
是。

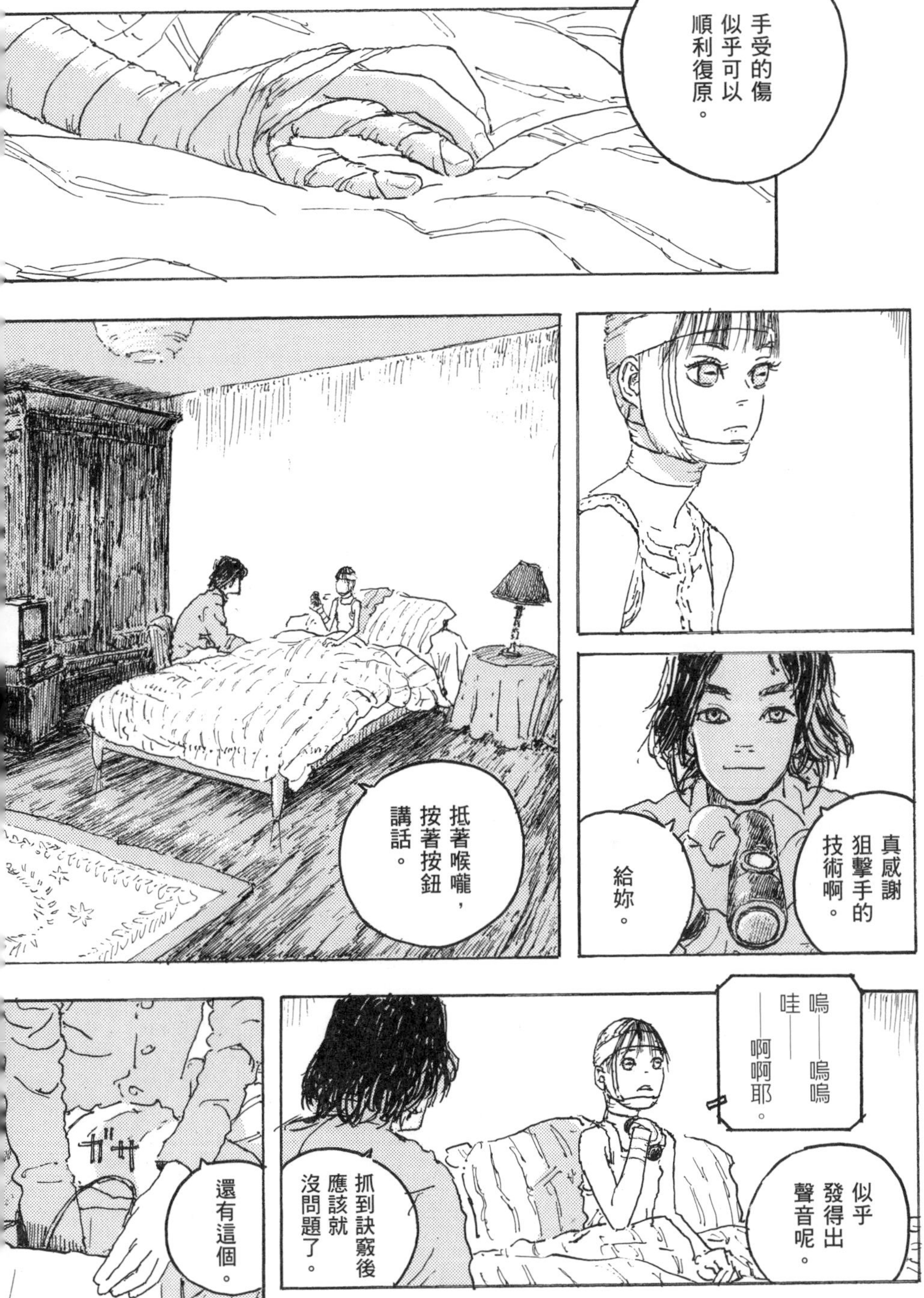
手受的傷似乎可以順利復原。
真感謝狙擊手的技術啊。
給妳。
抵著喉嚨，按著按鈕講話。
嗚——嗚嗚
哇——啊啊耶。
似乎發得出聲音呢。
抓到訣竅後應該就沒問題了。
ガサ
還有這個。
（喀沙）

這很適合妳，所以幫妳送洗囉。
我不會過問妳在哪裡入手的。
呃，不過早就有人在調查了吧，我想。
西——
西耶謝。
喔？「謝謝」嗎？說得很棒喔。
哈哈哈，
真的很優秀呢。
看來妳不會被送去解剖了。

西——耶謝。
哈哈。
喔——西——
哈哈哈。
耶謝伊——
欸。
啊哈哈哈哈。
呵呵，果然啊，
西——
跟「天主肖像」一詞最匹配的，是你們才對啊。
謝——

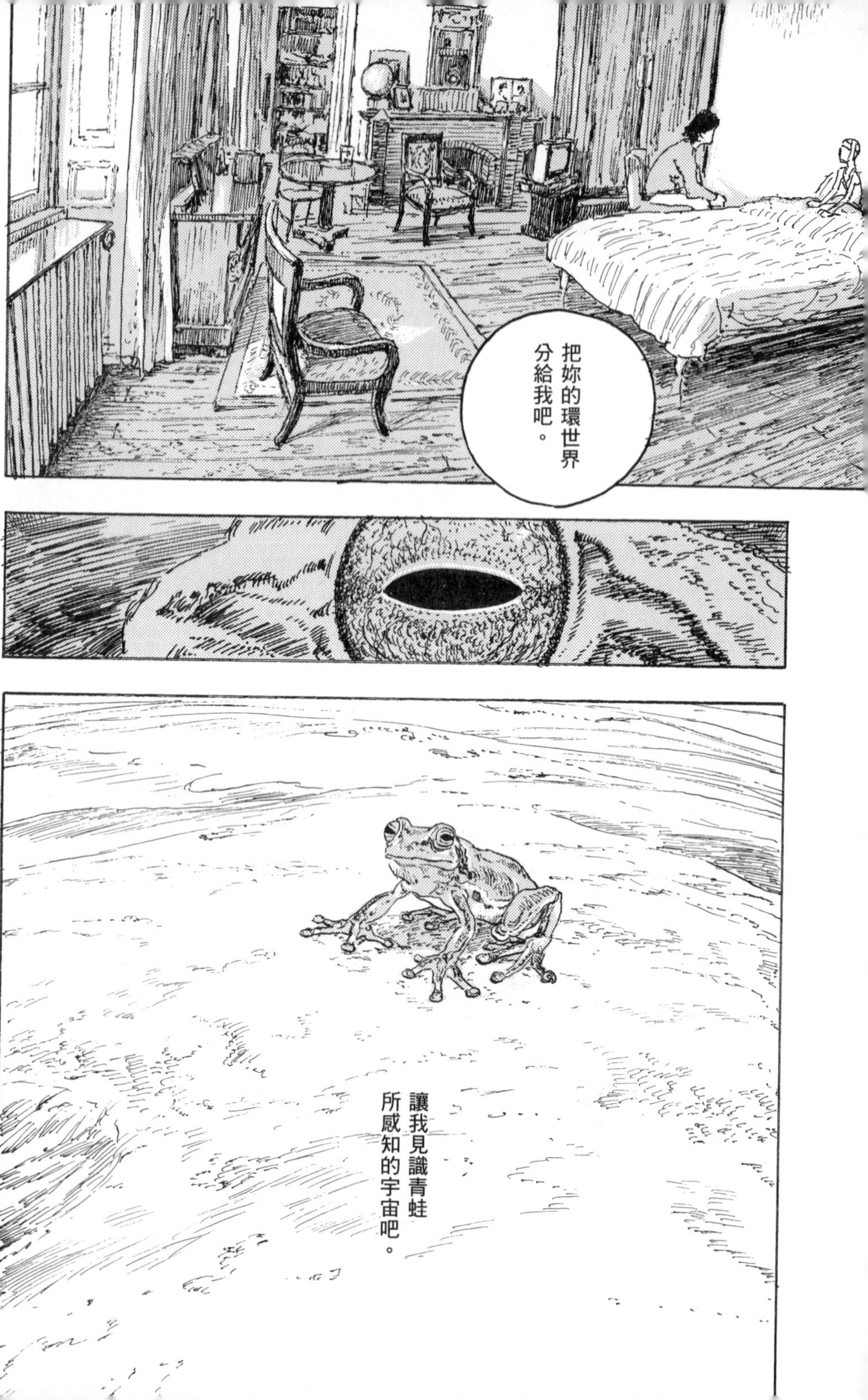
把妳的環世界分給我吧。
讓我見識青蛙所感知的宇宙吧。

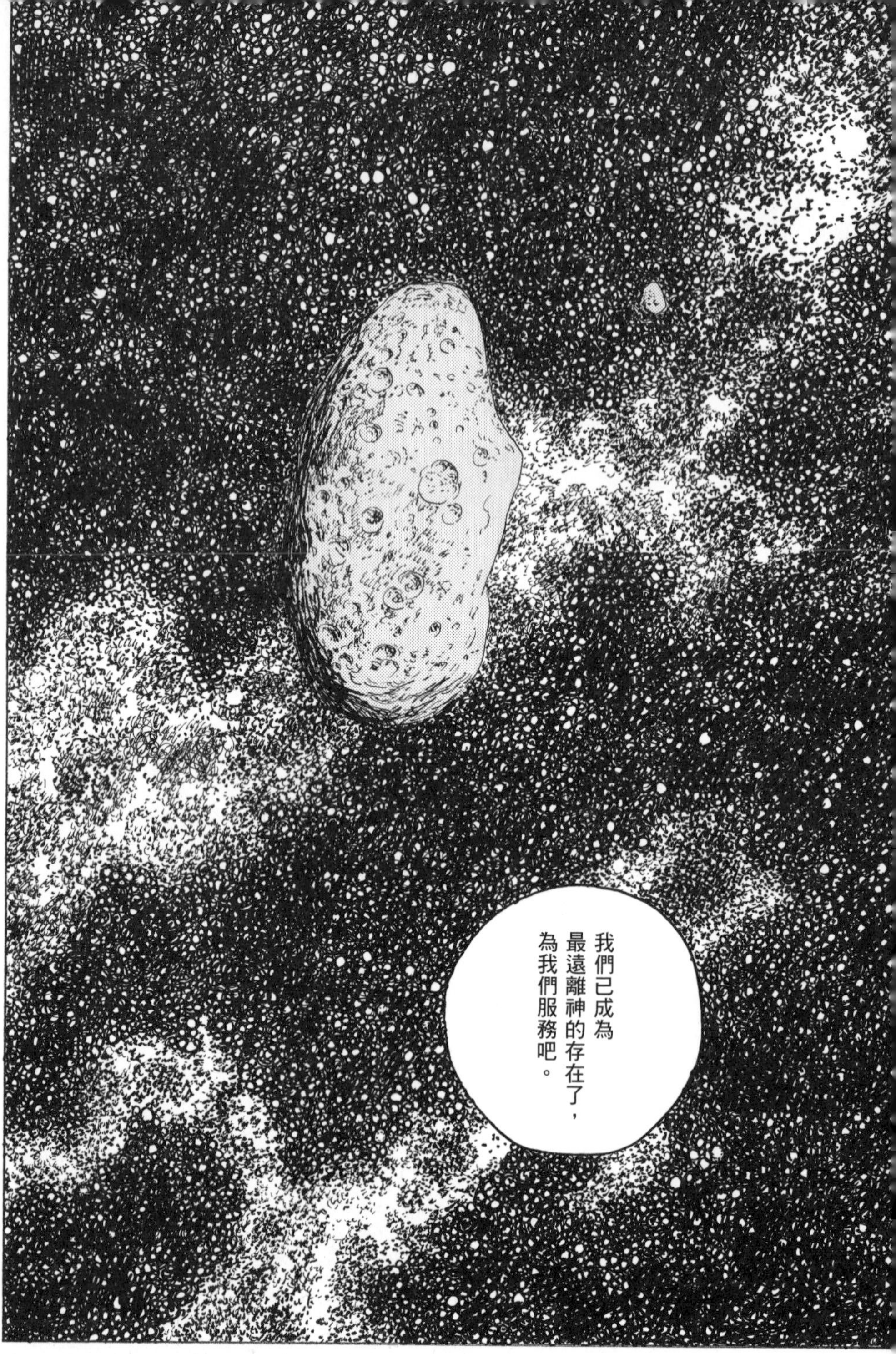

完

【首次發表一覽】

迦樓羅……ESORA vol.1（2004年12月／講談社）

鱷魚……ESORA vol.2（2005年7月／講談社）

魚……月刊IKKI 2004年10月號（小學館）

鬼，來襲……ESORA vol.3（2006年4月／講談社）

土龍……ESORA vol.4（2007年7月／講談社）

鏜鏗鏜啦叩……少年文藝vol.01（2005年4月／新風社）

真是太好了，雨男……少年文藝vol.01（2005年4月／新風社）

正吉和奶奶……月刊IKKI 2012年9月號（小學館）

Moon Child……文藝別冊（2014年8月／河出書房新社）

環世界……月刊Afternoon 2014年6月號（講談社）

環世界

五十嵐大介作品集

ウムヴェルト

PaperFilm 視覺文學 FC2042

作　　者／五十嵐大介
譯　　者／黃鴻硯
責任編輯／謝至平
策畫・顧問／鄭衍偉（Paper Film Festival 紙映企劃）
行銷企劃／陳彩玉、朱紹瑄、陳紫晴、薛綸
日文版封面設計／Megumi Fukuodori (arten)
台灣版封面改作／馮議徹
排　　版／漾格科技股份有限公司

發 行 人／涂玉雲
總 經 理／陳逸瑛
編輯總監／劉麗真
出　　版／臉譜出版
城邦文化事業股份有限公司
台北市民生東路二段141號5樓
電話：886-2-25007696　傳真：886-2-25001952

發　　行／英屬蓋曼群島商家庭傳媒股份有限公司城邦分公司
台北市中山區民生東路141號11樓
客服專線：02-25007718；25007719
24小時傳真專線：02-25001990；25001991
服務時間：週一至週五上午09:30-12:00；下午13:30-17:00
劃撥帳號：19863813　戶名：書虫股份有限公司
讀者服務信箱：service@readingclub.com.tw
城邦網址：http://www.cite.com.tw
香港發行所／城邦（香港）出版集團有限公司
香港灣仔駱克道193號東超商業中心1樓
電話：852-25086231　傳真：852-25789337
新馬發行所／城邦（新、馬）出版集團
Cite (M) Sdn. Bhd. (458372U)
41-3, Jalan Radin Anum, Bandar Baru Sri Petaling,
57000 Kuala Lumpur, Malaysia.
電話：+6(03)-90563833　傳真：+6(03)-90576622
電子信箱：services@cite.my

ISBN／978-986-235-780-4

售　　價／250 元
一版一刷／2019 年 10 月
一版六刷／2022 年 4 月

本書如有缺頁、破損、倒裝，請寄回更換

作者／五十嵐大介

日本指標性大獎「文化廳媒體藝術祭漫畫部門優秀賞」二度得主。1969年於埼玉縣熊谷市出生，現居神奈川縣鎌倉市。多摩美術大學美術學系繪畫科畢業。1993年獲得月刊《Afternoon》冬季四季大賞後於同月刊出道。1996年起停止發表新作，移居東北開始一邊作畫一邊務農的自給自足生活，而後於2002年以《小森食光》一作重啟連載。他以高超的作畫能力及對大自然纖細的描寫著稱。2004年及2009年分別以《魔女》及《海獸之子》兩度獲得日本文化廳媒體藝術祭漫畫部門優秀賞。臉譜已出版作品另有《南瓜與我的野放生活》、《小森食光》（1、2）、《凌空之魂：五十嵐大介作品集》。

譯者／黃鴻硯

公館漫畫私倉兼藝廊「Mangasick」副店長，文字工作者。翻譯、評介、獨立出版海內外另類漫畫或畫集，企畫相關展覽。漫畫譯作有《惡童當街》、《少女椿》、《荔枝光俱樂部》等，文字書譯作有《圈外編輯》、《二十四隻瞳》、沙林傑《九個故事》等。